集英社オレンジ文庫

ラビット・ケージ

一年A組 殺戮名簿

木崎菜菜恵

本書は書き下ろしです。

蔵院高校一年A組名簿

番号	氏名
1	青井健太 (あお い けん た)
2	嵐山秀仁 (あらしやま ひで ひと)
3	伊藤一男 (い とう かず お)
4	卯月 桜 (う づき さくら)
5	江藤ありさ (え とう あり さ)
6	恩田めぐみ (おん だ め ぐ み)
7	神林美智子 (かんばやし み ち こ)
8	木戸裕也 (き ど ゆう や)
9	京極かおり (きょうごく か お り)
10	桐原浩太 (きり はら こう た)
11	久住幸也 (く ずみ ゆき や)
12	田辺京子 (た なべ きょう こ)
13	蔓原将人 (つる はら まさ と)
14	鳥海 舞 (とり うみ まい)
15	内藤きらら (ない とう き ら ら)
16	西村 誠 (にし むら まこと)
17	橋本優奈 (はしもと ゆう な)
18	日野沙織 (ひ の さ おり)
19	平口俊太郎 (ひら ぐちしゅん た ろう)
20	間宮瑠華奈 (ま みや る か な)
21	三島輝馬 (み しま てる ま)
22	水島聡子 (みず しま さと こ)
23	桃木沙良 (もも き さ ら)
24	安田友臣 (やす だ とも おみ)
25	箭竹原享司 (や たけ ばら きょう じ)
26	柳場敏一 (やなぎ ば とし いち)
27	柚木 玲 (ゆず き れい)
28	渡辺ミカ (わた なべ み か)

県立蔵院高等学校　全体見取り図

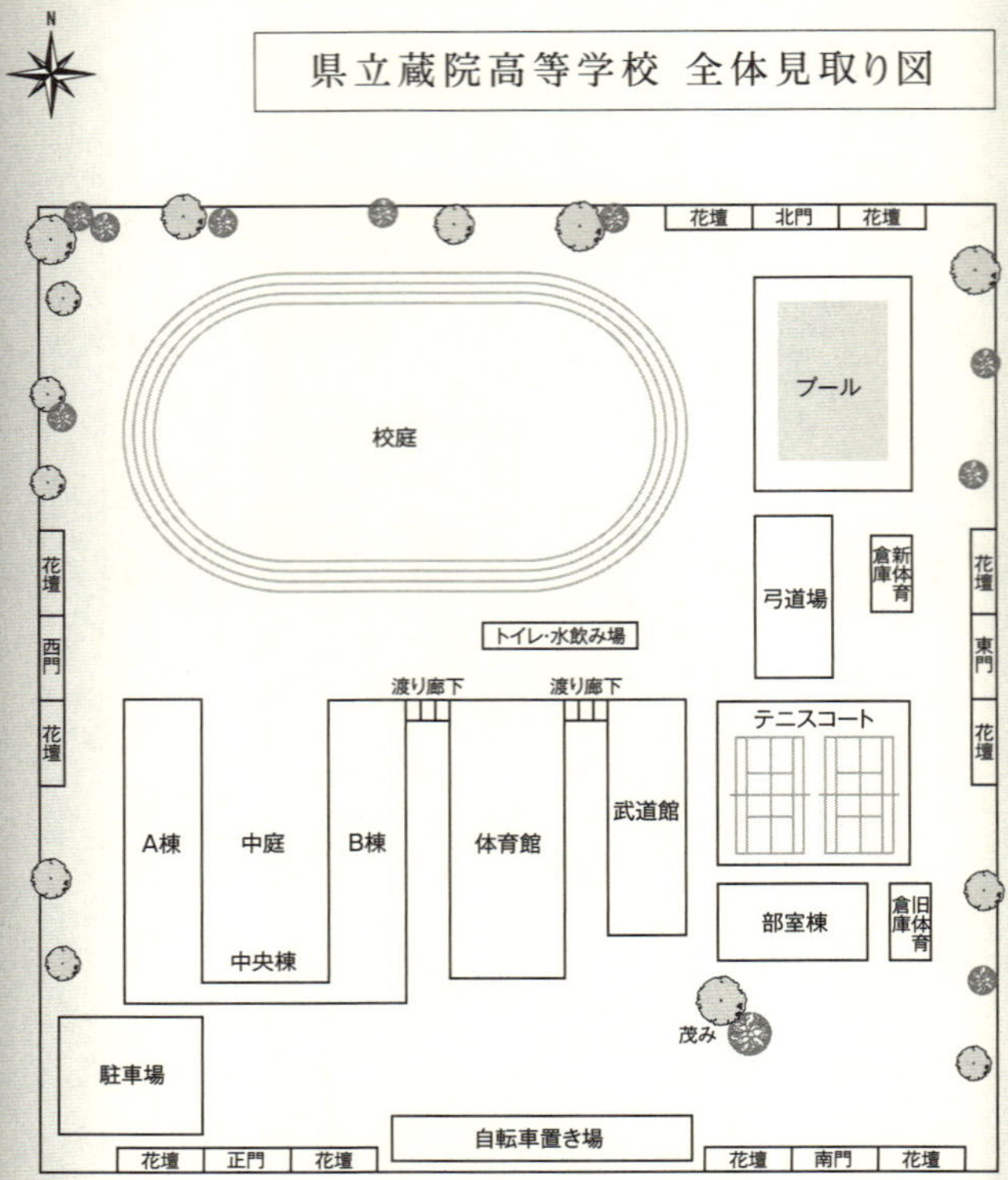

校舎 屋上

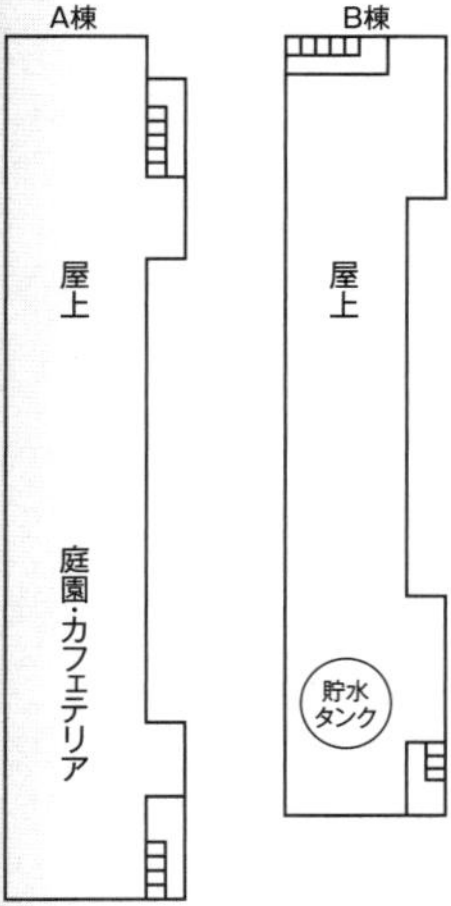

武道館 見取り図

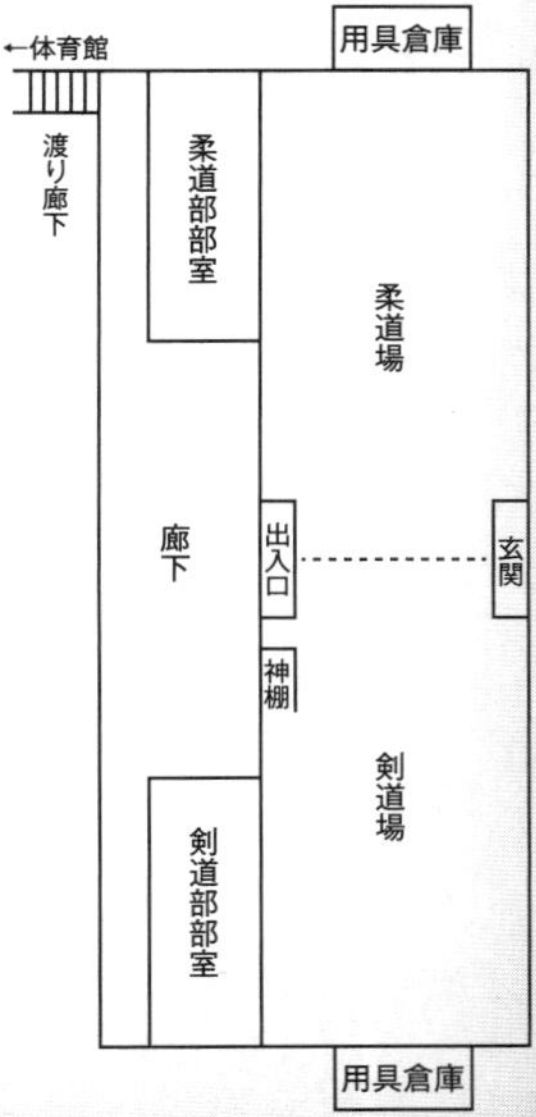

県立蔵院高等学校校舎 見取り図

1階

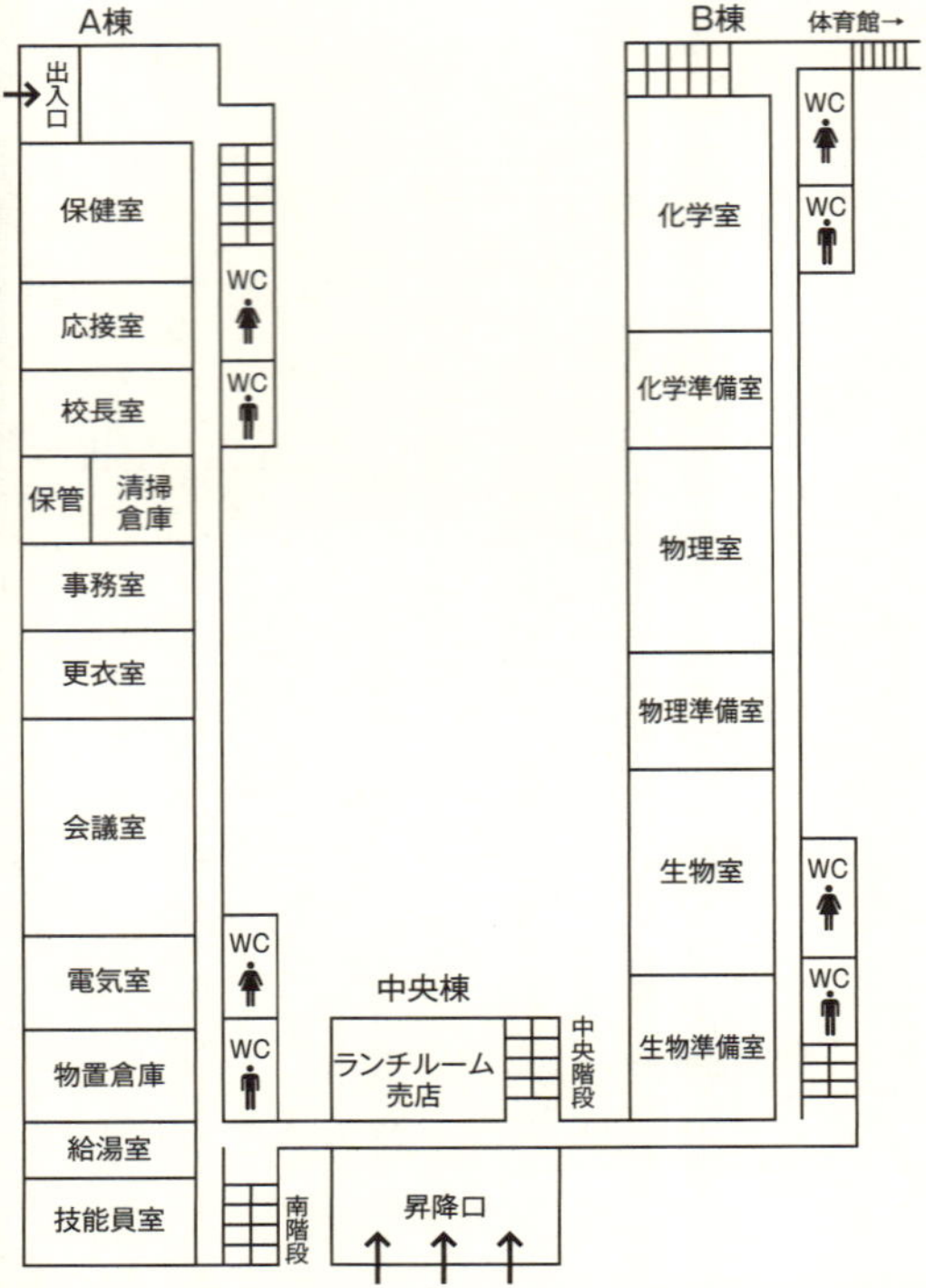

N
2階
A棟
B棟
3-A
3-B
WC
多目的室
3-C
3-D
3-E
進路室A
進路室B
部室
（美術系）
職員室
印刷室
放送室
情報管理室
整理室
国語準備室
図書室B
英語準備室
中央棟
美術準備室
美術室
中央階段
南階段
技術室（工芸）

県立蔵院高等学校校舎 見取り図

3階

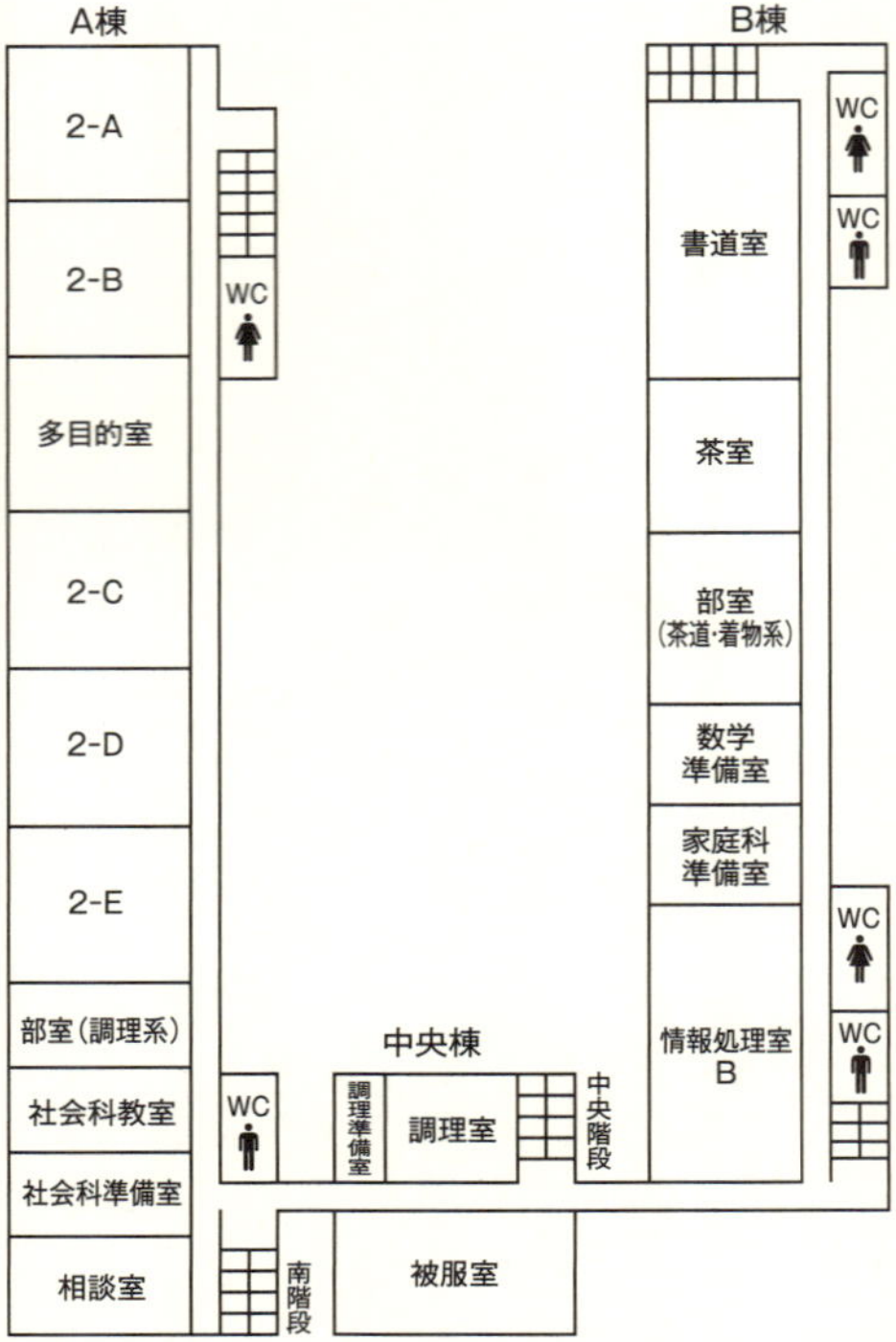

4階

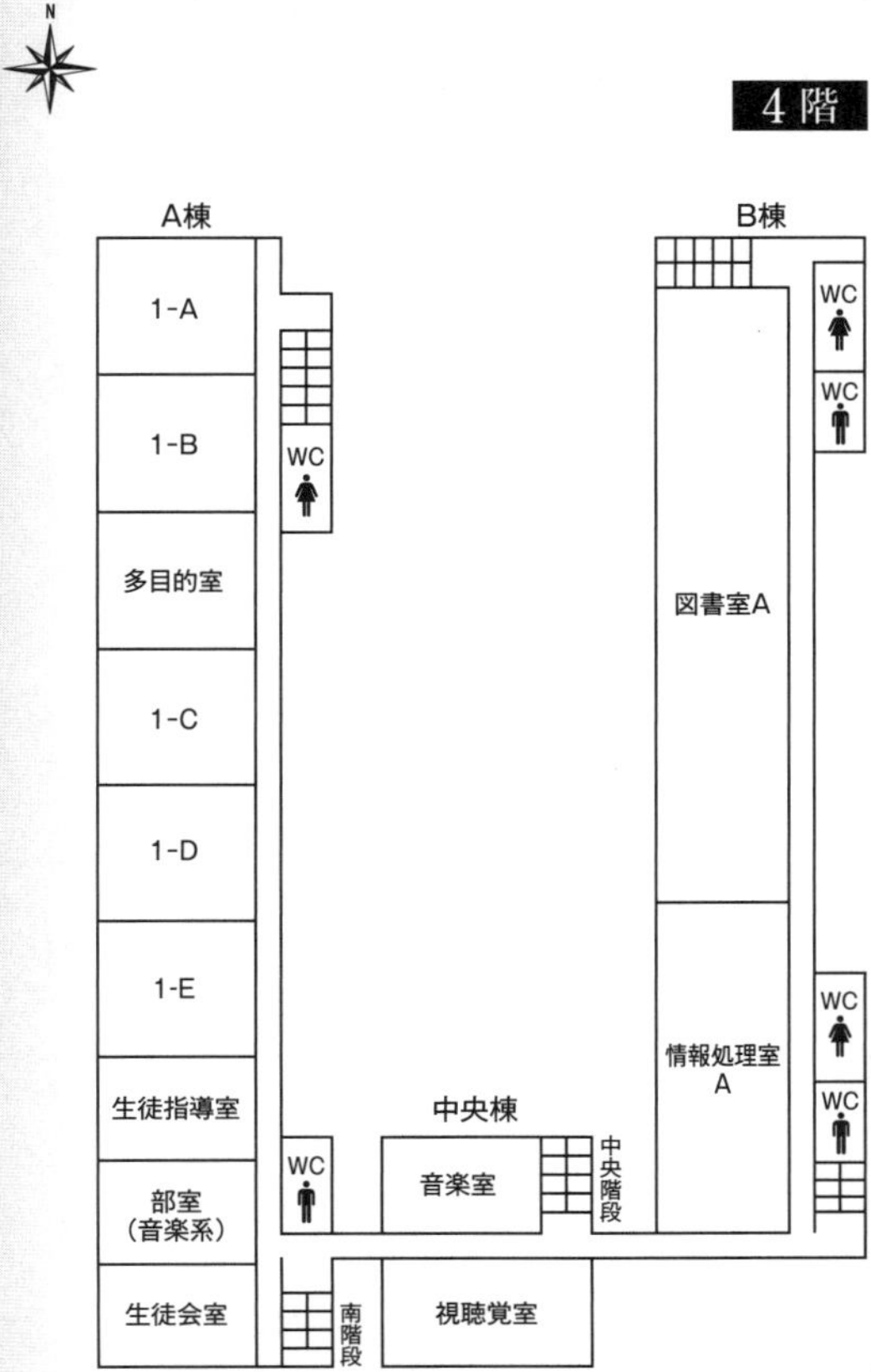
N
A棟
1-A
1-B
多目的室
1-C
1-D
1-E
生徒指導室
部室
（音楽系）
生徒会室
WC
WC
南階段
中央棟
音楽室
中央階段
視聴覚室
B棟
WC
WC
図書室A
情報処理室
A
WC
WC

ラビット・ケージ
一年A組殺戮名簿
木崎菜菜恵

霜夜《しもよ》だった。
辺りは真っ暗で、人影もない。
風音以外の音はせず、土を掘る手が冷えていく。
指のあかぎれに砂利《じゃり》が入り、思わずうめいた。
だが手は止めない。口もとに笑みが浮かぶ。

土を積んで、陣を成す。
石に刻んで、界と示す。
五度、それを繰り返す——。

1

駅のホームに、耳をつんざくような、けたたましいベルが鳴り響いた。

今にも発車しそうな小田急線の快速急行に駆けこみ、桃《もも》木《き》沙良《さら》はホッと息をつく。電車は沙良の行動に抗議するように一度大きく揺れてから、ゆっくりと駅を発進した。

「はー、危なかった……」

呼吸を整えながら腕にはめたブレスレットウォッチを見ると、夜の十時半を過ぎている。女友達との新年会で、つい時間を忘れてしまった。

扉上部に設置されている液晶ディスプレイには、最寄り駅まで三十分ほどと表示されていた。空いていた席に気づき、沙良はそっと腰を下ろす。

その時、コートのポケットで携帯電話が震えた。

『どっちがいいと思う?』

使いこんだストラップを揺らしながら電話を取ると、挨拶《あいさつ》もなにもない、一言だけのメールが送られてきていた。

送り主は「ありさ」。沙良の友人、江藤《えとう》ありさだ。気心の知れた友人からのメールに、沙良は電車内で顔をほころばせた。

まだメールが続く気がして待っていると、案の定すぐに二通目が送られてくる。

今度は画像だ。目を見張るほど立派な振袖を着て、髪をお団子型に結ったありさが縮緬《ちりめん》の巾着《きんちゃく》と、鮮やかな赤い花が描かれた巾着を両手に持って、おどけた様子で顔をしかめている。

今、着ている振袖にあう巾着は左右のどちらなのか、沙良に意見を求めているのだろう。

老舗《しにせ》の呉服屋を営むありさの家では、一人娘の晴れ舞台に、最高級の品を用意しているようだ。彼女の家族なら伝統的に正しい組み合わせを知っているだろうが、あいにく沙良は素人《しろうと》だ。和服の常識や決まりごとなどなにも知らない。

それでもありさが自分を頼ってくれたことが嬉しくて、沙良は真剣に画像を見つめた。

『左かな。りさちゃん、赤い花似合うよ』

メールをしたためると、すぐに返信が来る。

『だよねー！　あたしも絶対こっちなのに、母さんたちが認めてくれないの。沙良もこっちだって言うわ。あの人ら、沙良が大好きだから、絶対説得できる』

『いいの？　りさちゃん、叱られない？』

『大丈夫大丈夫。どうせババアになるんだから、感性だけでも若くなきゃ！』

『ババアって……成人式に出るだけでしょ』

笑顔の顔文字を添えて返信すると、ありさからもすぐに同じ顔文字が返ってきた。

そうしてやり取りしていると、離れた土地にいる友人と、今まさに顔を寄せてしゃべっているような気分になれる。体温まで伝わってきた気がして、沙良は胸が温かくなった。

『いよいよ明日だね』

なにが、とは書かなかったが、ありさには伝わったようだ。同意だというように、すぐさま返信が来る。

『沙良の振袖の写真、送ってよ。こっちでみんなに転送する』

『やめて！　来週、行けなくなっちゃう』

『いいじゃん。二年もこっちに帰ってこなかったバツだよ』

にんまりと笑うありさの顔が目に浮かぶようだ。

堪《こら》えきれずに噴き出しそうになり、沙良は慌てて電車内を見回した。乗客は皆、疲れた顔でむっつりと黙りこみ、静かに電車に揺られている。一人だけにやにやと笑っていては不審者だ。

沙良は軽く咳払《せきばら》いをして気を引き締め、改めて翌日に思いをはせた。

明日の一月十五日は、沙良やありさの成人式だ。

（ほんと、あっという間だったなあ……）

二年前まで、沙良は他県の蔵院《くらいん》市にある県立蔵院高等学校に通っていた。

蔵院高校は約半数の生徒が附属中学校から比較的簡単な試験で入学できる連携型の中高一貫校で、学内施設も充実し、県内外でもそれなりに名が知れていた。

二十八人構成のクラスが各学年に五クラスずつあり、少人数ゆえ生徒の結びつきは強い。そんな高校に沙良は父親の仕事の都合で、高校一年の二月、編入することになったのだった。

すでに人間関係が出来上がっているクラスに入っていくのは相当の勇気が必要だった。うまくなじめるだろうかと不安でいっぱいだったが、ありさたち当時一年A組のクラスメイトは皆、温かく沙良を迎えてくれた。

一年A組での生活は二カ月弱で終わってしまったが、その時クラスになじめたおかげで沙良は二年生以降も楽しく学校生活を送ることができたのだった。

卒業後、沙良は両親とともに上京し、今は都内の四年制女子大学に通っている。授業だ、バイトだ、と思ったよりも忙しい日々が続いていて、高校三年生まで、同じクラスだったありさが、年に二回ほど東京に出てくる時に会うのが精いっぱいだ。

(でもやっと行けるんだ)

来週、沙良のいた三年C組の同窓会が開かれることになっている。

校内で長く更地になっていた場所に、このたび、記念館が建設されることになったそうだ。生徒の卒業制作や郷土資料が飾られるらしく、沙良もありさとともに、同窓会の前に蔵院高校に行く予定を立てている。

早く皆に会いたかった。一緒に学祭準備をした人や、委員会が一緒だった人、同じ小説が好きで、よく本を貸し借りした人もいた。

（あと……）

一人、眼鏡の少年の顔が思い浮かぶ。

『蔓原《つるはら》も来るってさ』

その時、心を読んだようなタイミングでありさからメールが届き、沙良はドキリとした。

『へえ……そうなんだ』

『沙良、高校の時、蔓原のこと好きだったでしょ？　今回告る？』

『まさか！　私なんかじゃ全然釣り合わないよ……！』

蔓原、の文字を見ただけで心臓が苦しくなった気がして、沙良は携帯電話を握りしめた。

本当に懐かしい。「彼」は黙っていれば冷たい印象の優等生だが、話してみれば生真面目で、どこか世間ズレしている熱血漢だった。

将来は裁判官になりたいのだと言い、都内の名門国立大学へ行ったことは知っているが、卒業後は一度も会えていない。同じ都内にいるのだから、どこかで偶然会ったりしないだろうかと思ったこともあったが、そんなことは一度もなかった。

そもそも、ごく平均的な女子大に通う沙良にとって、「彼」の通う大学は超一流すぎて、次に会えても告白なんてできるはずがない。

ただ会えて、少しでも話ができれば十分だ、と沙良が自分に言い聞かせた時だった。

「わっ！」

突然車体が大きく揺れた。電車の前に猫でも飛び出したのだろうかと焦ったが、一度急ブレーキをかけた電車はすぐに、何事もなかったように動き出す。胸をなでおろしたのもつかの間、沙良は違和感を覚えた。

「……あれ？」

車両内に、乗客が一人もいない。つい先ほどまでそれなりに混んでいたはずなのに。

とっさに液晶ディスプレイを見あげると、画面は黒く、なにも映していなかった。夜十時半ともなれば、眩《まばゆ》い夜景が広がっているはずだが、窓の外も真っ暗だ。

（なに？　なんか変……）

ゴトンゴトン、ギイイイ、ゴゴンゴゴン、ギイイイイイ！

電車が進む音と、急ブレーキの音。

電車は今までと違い、激しく揺れながら進んでいく。それどころか次第に、制御不能に陥《おちい》ったトロッコのように、ぐんぐん速度をあげていった。

「や、やだ、なにこれ」

まさか電車が脱線してしまったのだろうか。脱出を促《うなが》すアナウンスがかかり、他の乗客は全員避難したのに、自分だけはメールを打っていて気づかなかったのか？

「や……誰か、たすけ……！」

沙良は座席から転げ落ちないよう、必死で座席の端にある手すりを摑んだ。

恐怖と混乱のあまり、涙声になる。

（え？）

その時、沙良のもとに突然、プンと異臭が漂ってきた。

焦げ臭いが、木材やプラスチックが燃える時とはどこか違う。妙に生々しい臭いだ。

続いて、うつむいていた沙良の目に、車内に立つ足が映った。

真っ黒に焼け焦げた上履きと、そこからにゅうっと伸びた細い脚。重度のやけどを負っているのか、皮膚は炭化し、骨から肉が剝《は》がれかけている。

（なに……コレ）

電車内に、自分以外の人が残っていたのだろうか。いや、先ほどまでは確かに誰もいなかった。

それに、コレはどう見ても……。

（死、んで……）

ぞわりと沙良の全身が総毛立った。

車内の異臭が濃厚になる。これは……肉の焼ける臭いだ。

――クケケ。

奇妙な笑い声が響き、焼けただれた「足」がゆっくりと沙良のほうに踏み出してくる。

ぐちゅり、とその足裏で音がした――。

＊　＊　＊

「……ぁあ……！」

大きく心臓が脈打った瞬間、沙良は目を覚ました。

全身が恐怖でこわばっていて、声が出ない。まるで死体になったようだ。

(死体……)

直前に見た「モノ」の記憶がよみがえり、錯乱しかける。

だがそれ以上の衝撃に襲われ、沙良は呆然《ぼうぜん》とした。

「え……な、なんで……」

なぜか、沙良は冷たい土の上に倒れていた。空は真っ赤な夕焼けに染まっている。

動けなかったのは単に、寒さのあまり身体《からだ》がかじかんでいたためらしい。電車内でうっすらとかいていた汗が冷えたのか、風が吹くたびに全身が凍りそうだった。

寒さで震えながら、沙良はゆっくりと身を起こした。身体の節々《ふしぶし》は痛むが、怪我《けが》はないようだ。電車内で着ていた、ざっくりとしたダークモカ色のセーターと膝丈のスカート。その上にコートを羽織った姿にも異常はない。

ただ、持っていたカバンがどこにもなかった。財布や身分証どころか、古びたストラップ付きの携帯電話やブレスレットウォッチも消えている。

つい先ほどまで夜の電車に揺られていたはずなのに、誰かに拉致され、荷物を奪われたのだろうか。そう考え、再び胸に恐怖が膨れあがったが、

「ここ、蔵院高校……？」

悲鳴をあげかけた直前にそれに気づき、沙良は目を丸くした。

長く伸びた自分の影の先には、懐かしい母校が佇《たたず》んでいた。

右手側には四階建てのA棟校舎が、左手側には校庭がある。人がいないため、記憶の中よりも広々としているが、間違いなく蔵院高校だ。

沙良のもとに、からからに乾いた冷たい風が吹いてくる。季節風の通り道に山脈がそびえたっているため、山を越えた風は乾燥し、冬でも雪はめったに降らない。

そんな蔵院市周辺の気象情報を沙良は改めて思い出した。

そばに立っていた屋外時計はなぜか四時を指している。

背後には、小さな黒塗りの門があった。縦格子《たてごうし》の門はしっかりと閉ざされ、高校の敷地

外は濃い霧《きり》に覆われている。秋ならば夕霧がわくのもわかるが、今は冬だ。不審に思って目を凝らしてみたが、一メートル先も見通せない。

門の両側には花が枯れ、土だけになった冬の花壇があった。向かって左手の花壇には大きな天然石の碑《ひ》が配置されている。「友愛の碑」と呼ばれたその石碑は確か、西門に置かれていたものだったはずだ。

「そっか。これ、夢だ」

自分は同窓会が楽しみすぎて、夢を見ているんだろう、と沙良は納得した。

暴走列車は「早く同窓会に行きたい」という沙良の深層心理の表れだろうか。気持ちの悪い「足」を見た気もしたが、あれはただの幻に違いない。

そうでなければ、都内から何百キロも離れた蔵院市に自分がいるわけがない。つい先ほどまで夜だったのに、いつの間にか夕暮れになっているのもそうだ。

(夢なら、ここにりさちゃんたちもいるのかな)

期待した沙良に応えるように、突然、西門脇のスピーカー塔が音を立てた。

『一年A組の生徒に連絡です。至急、教室に集まってください。繰り返します。至急、一年A組の教室に集まってください』

ボイスチェンジャーを使ったような甲高い声が、スピーカーから響いてくる。

(一年A組……?)

喜んで立ちあがったところで、ふと違和感を覚えた。

来週、行われる予定の同窓会は三年C組のもので、沙良が会いたい人たちも三年時に一緒だったクラスメイトだ。

（でも……自分で思ってるより、最初の印象が強かったのかも）

編入したての自分を受け入れてくれた一年A組の元クラスメイトたちには感謝している。夢の中の矛盾《むじゅん》をいちいち気にしても、仕方あるまい。

妙に気になる気持ちを振り払い、沙良は校舎に足を向けた。背後の西門を一度振り返ったが、

「門、閉まってるし……」

わざわざ今、乗り越えてまで出ようとすることはないだろう。多分、ありさたちと再会し、楽しく会話していたら、自然に目が覚めるはずだ。

自分にそう言い聞かせ、沙良はA棟の最西端にある小さな出入口から校舎に入った。

「う……」

校舎内は静まり返っていた。廊下の灯りが消えていて、夕方だというのに薄暗い。外にいる時とはまた違う冷気が漂っている気がして、沙良は思わず身を震わせた。

なんだか、入ってはいけない場所に来てしまった気持ちだ。出入口の正面にあるA棟階段を四階まで登れば、一年A組のすぐ脇に着くが、無性に引き返したくなる。

(あれ？)

無意識に出入口に後ずさりかけた時、廊下の反対側で足音が聞こえた。自分と同じように校内放送を聞いた人間が一年A組に向かっているのだろうか。

(きっとそう……！)

誰かに会いたい気持ちが恐怖に勝り、沙良は足音が聞こえたほうへ走りだした。

蔵院高校の校舎は凹《おう》の字型になっていて、西側がA棟、東側がB棟、両棟をつなぐ底部分が中央棟と呼ばれている。A棟の一階には保健室や校長室などが入っていて、二階から上が各学年の教室だ。二階が三年生の教室になっていて、学年が下がるごとに教室のある階は上がる。

「あ、もういない……」

A棟の廊下を走り、中央棟との接点まで来た沙良は困惑して立ち止まった。

中央棟の真ん中には昇降口があり、毒々しいほどに赤い夕日が廊下に差しこんでいる。中庭を挟み、向かい側にあるB棟の教室もA棟同様に灯りは消え、ところどころカーテンが閉まっていた。

あちこちを見回すが、誰もいない。足音の主はもう階段を登ってしまったのだろう。

そう推測したものの、なぜか大声で相手に呼びかけることができなかった。

(なんかやだな……)

通い慣れたはずの蔵院高校が全く知らない場所になってしまったようで、沙良は胸もとを握りしめた。

卒業して二年後だからというより、もっと本質的な疎外感が漂っている気がする。これが夢だからだろうか。ならばいっそ、起きてしまいたいのに、どんなに頑張っても一向に目が覚めない。

（……ん？）

仕方なく、沙良はとぼとぼとA棟と中央棟の接点にある南階段を登った。

道中、二階の掲示板脇を通り過ぎようとした時、なにかが気になった。

そちらを見てみたが、不審な点はない。一週間後に控えた期末試験の日程表や、一月のお知らせが貼られているだけだ。

（そういえば、この時期に期末試験があったっけ）

懐かしさを覚えながら、沙良は再び四階を目指した。

……階段が妙にきつい。夢の中だというのに、息が切れる。

その理不尽さに辟易《へきえき》しつつ、沙良はやっと四階にたどり着いた。

四階もやはり無人で薄暗い。廊下の照明スイッチを押したが、壊れているのか、灯りはつかなかった。

だが、これまでとは違い、「音」が聞こえた。南階段から一番遠くにあるA組のほうから、ガツンガツンと聞き覚えのない重い音が響いてくる。

「誰か……あっ」

恐る恐る近づくと、教室の戸についている小窓に人影が映った。

きっとありさに違いない。それまで張りつめていた気が緩み、沙良は笑顔で駆け出すと、A組の戸を引き開けた。


——グチャ!!


「……え?」

戸を開けた瞬間、巨大ナメクジを握りつぶしたような不快で湿った音が聞こえ、沙良はきょとんとした。

消灯した室内に、真っ赤な夕日が差しこんでいる。そんな中に、二十人ほどの男女が立ち尽くしていた。

彼らの顔をよく見るより早く、沙良は教室の中央で蠢《うごめ》く巨大な物体に気づいた。

(あれ? キスウサだ)

蔵院市の観光PRのため、五年ほど前に作られたキャラクターのキグルミが教室にいた。

キスウサは市を訪れる人を熱烈歓迎するように、巨大な唇を突き出した白ウサギだ。ウサギ本体はともかく、分厚くて真っ赤な唇がグロテスクで気持ち悪い、と市民からは大不評だった。

キスウサは当時の市長の強引なプッシュで「蔵院市のキャラクター」に選ばれたが、市長が翌年の選挙で負けると同時に表舞台から姿を消し、いつの間にかキャラクターグッズも土産物屋《みやげものや》などから消えてしまったのだった。

沙良が蔵院市に引っ越してきた四年前にはもう、キスウサではないキャラクターが市の観光大使になっていた。

ひそかにキワモノキャラが好きな沙良は残念がったが、同情したありさがストラップをくれたため、今でも携帯電話につけて大切にしている。

そんなキスウサのキグルミがなぜか今、一年A組にいた。

沙良に背を向け、細長いひものようなものを両手に持って、なにかをしている。夕日に染まって真っ赤になった丸い背中と、ピコピコと動く耳が可愛らしかった。

(動いてるキスウサ、初めて見られた！)

興奮し、沙良はキスウサに近づこうとしたが、

「……え」

直前で、思わず足を止めた。

キスウサが地面に手を下ろし――グチュ……なにかを摑み出す――ズリュ……。なにか

を引きちぎり――ブシュ……辺りに投げ捨てる――ベチャ……。

キスウサが手を動かすたび、粘《ねば》ついた不気味な音がした。

ブチブチとなにかを引きちぎるような音のあとに、ジュルリと気色悪い音を立て、キスウサは丸い塊《かたまり》を摑みあげた。

それを見た瞬間、あまりにも非現実な光景に、沙良はぽかんとした。

（まい、ちゃん……？）

小柄で可憐な鳥海舞《とりうみまい》が「いた」。高校時代は華道部に所属し、いつも柔らかい微笑《ほほえ》みを絶やさずにいた彼女が、今は虚《うつ》ろに目を開き、口から赤黒い液体を垂らしている。それどころか、頭部の下をいくら見ても胴体部分が見当たらない。

舞だけではなかった。彼女の周りに、大量の肉塊が散らばっている。腕も脚も十本以上あり、頭もゴロゴロと転がっていた。

いったいなにが起きているのだろう。

脳が、目の前の光景を理解することを拒《こば》んでいる。

そんな沙良のもとに、プンと生臭い臭気が漂ってきた。なぜ今まで気づかなかったのかわからないほどに生々しい、血と臓物と排泄物の混ざった悪臭だ。

嗅いだ瞬間、ぐうっと嘔吐《おうと》感がせりあがる。

思わず沙良がうめいた時だ。

「きゃああああ！」

「うわああああああっ!!」

沙良が入ってきたことで我に返ったのか、教室内で一斉に悲鳴があがった。それまで立ち尽くしていた元クラスメイトたちが沙良のいる戸口へ押しかけてくる。

「きゃあ！」

思い切り突き飛ばされ、沙良は廊下に転がった。壁に頭を打ち、一瞬意識が遠くなる。何人かに蹴《け》られ、踏まれた。大勢の足音が沙良の前を駆け抜けていく。しかしそんなことはどうでもいい。

（なに……な、なにが、なんで、え、どうして）

思考がうまくまとまらない。したたかに壁にぶつけた後頭部が痛む。

呆然と座りこんでいた沙良の前に、ぬっとキスウサが現れた。

二メートル近くあるだろうか。縦も横も巨大すぎる。その顔や腹部には大量の血がしみこんでいて、片手にはずるりと長い腸が、もう片方の手には、沙良が見たこともないような、長方形の巨大な肉切り包丁が握られていた。

刃からぽたぽたと液体が滴《したた》っている。アレで舞たちを解体したのだろうか。

……解体。

その単語の意味するところを思い出し、沙良の喉《のど》に再び胃液がこみ上げてきた。

かろうじて嘔吐は堪えたが、喉の奥が焼けるように痛む。血の気が引き、貧血時のように目がかすんだ。

これは本当に夢なのだろうか。

こんなに生々しい喉の痛みが？　匂いが？　熱が？

「う……あ」

左右に揺れながら近づいてくるキスウサの動きが、やけにゆっくりと見えた。

へたりこんだ沙良の前まで来ると、キスウサは肉切り包丁を振り上げ……、

「桃木さん、伏せろ！」

切羽詰《せっぱつ》まった男性の声が脇から聞こえた瞬間、沙良の目の前で、キスウサが真っ白な泡で包まれた。

続いて、消火器が飛んできて、キスウサの頭に思い切りぶつかる。

駆け寄ってきた誰かが沙良の片腕を摑み、抱えるようにして強引に立たせた。

「早くこっちに！　立てるか⁉」

「蔓原くん……」

すらりと背の高い、黒髪の青年が沙良の手を引き、廊下を走り出した。

沙良の記憶の中よりもやや大人びて精悍《せいかん》さが増しているが、端正な顔立ちを隠すような黒縁眼鏡は高校時代から変わらない。

学校一の秀才として有名だった蔓原将人《まさと》だ。当時はブレザーの制服を着ていたが、今はこぎれいなジャケットとスラックスを身に着けている。

「……っ」

こんな時だというのに、心臓が不規則に高鳴った。握られている手が熱い。久しぶりに聞いた将人の声が何度も頭の中を回る。

「つ、蔓原くん、あれなに？　なんでこんな……」

この場にそぐわない動揺を抑えこみ、沙良は現実逃避しそうになる気持ちを引き戻した。今、重要なのは背後の化け物のことだ。

スポンジ状のウレタンでできているからか、キスウサに、消火器をぶつけられたダメージはないようだ。その代わり、顔にかかった消火剤が嫌なのか、慌てふためいて顔をぬぐっている。そのコミカルな仕草と、血のついた肉切り包丁がちぐはぐだった。

「なんでキスウサが？　あの中って誰？　なんで舞ちゃんがバラバ……っ、う……」

ありさはどうしているだろう。先ほど、教室ではキスウサにばかり目が行ってしまって、中に誰がいたのか、きちんと確かめられなかった。

（まさか、りさちゃんも……ううん、そんなはずない……！）

どうか逃げていて、と必死で祈る。

「話はあとだ。今はあれから逃げないと」

「う、うん。でもこれ、夢だよね？　そうとしか考えられないよね？」

逃げることに集中しなければならないとわかっていたが、その一点が気になって仕方ない。これが夢なら最悪、捕まっても問題ないはずだ。どうか、そうだと言ってほしい。

逃げながら何度も尋ねる沙良に、将人は痛ましそうに顔をしかめた。

「絶対に夢だと言えたらいいんだけど……正直、自信がないな」

「え……」

「あとで見分けかたを教えるよ、今は……って、なにをしているんだ」

A棟の廊下を走り、突き当たりにある南階段にたどり着いた将人が声をあげた。三階に下りる途中の踊り場に、元クラスメイトが数人いる。

高校時代から肥満体質だった西村誠《にしむらまこと》と、がりがりに痩せた三島輝馬《みしまてるま》、百五十センチの沙良とほとんど身長の変わらない、久住幸也《くずみゆきや》。

なぜか踊り場に座りこんでいる三人を見て、沙良は焦った。

A棟の廊下を、キスウサがゆっくりと歩いてくる。まだ十メートルほど距離があるが、本気で走ってこられたら、すぐに追いつかれるだろう。

「西村くんたちも早く逃げ……って、間宮《まみや》さん！」

将人とともに踊り場まで下りた沙良は、西村たちの中心にうずくまる美少女、間宮瑠華《るか》奈《な》に気づいた。

きれいに脱色した髪を背中に流し、高級ブランドのAラインワンピースにファー付きのコートをまとった彼女は中学から読者モデルをしていた。高校ではアイドルとして芸能界に身を置き、卒業間際に組んだユニットが大当たりしたことで、昨年は大みそかの国民的歌番組にも出演したほどだ。

華やかだが気が強く、常に自信に満ちあふれている瑠華奈と沙良は、在学中あまり接点がなかった。一年時の二カ月弱は同じクラスだったが、その後はクラスが違ったため、正直どういう人なのかも詳しくは知らなかった。

しかし今は人見知りをしている場合ではない。

「どうしたの？　……あ、足くじいたんだ。大丈夫⁉」

瑠華奈が足首を押さえていることに気づき、沙良は慌てて駆け寄った。上階の廊下を歩いてきているだろうキスウサを気にしながら、瑠華奈に肩を貸そうとしたが、

「蔓原ー、抱いて？」

瑠華奈は沙良の手を叩き落とし、甘えたように将人を見あげた。

（え……っ）

沙良は一瞬どきりとした。

将人は怪訝《けげん》そうに眉を跳ね上げるだけだ。その反応にひるみもせず、瑠華奈はきれいにネイルアートを施した両手を将人に伸ばし、上目づかいで微笑んだ。

「足、痛いの。歩けない。カナナを連れて逃げて？」

瑠華奈は沙良を無視し、将人を引き寄せると長い指をするりと肩にまわした。腰を擦りつけ、横抱きにすることを要求する仕草は同い年とは思えないほどなまめかしい。踊り場の窓から斜めに差し込む夕日に照らされ、まるで映画のワンシーンのようだ。

（間宮さん、もしかして蔓原くんのこと……って、今はそんな場合じゃ……！）

鈍くうずく胸の痛みを無理やり抑え、沙良はあたふたと立ち上がった。

早く逃げなければ、キスウサが追ってくる。急いで皆を促《うなが》そうとした時、沙良は露骨《ろこつ》に苦々しい顔をしている西村たちに気づいた。

（そっか、西村くんたち……）

西村、三島、久住の三人は高校時代から、瑠華奈の取り巻きだった。昼食を買いに行ったり、荷物を持ったりして、瑠華奈の近くにいる姿をよく見ていた気がする。

高校卒業後も瑠華奈に従って行動し、今では彼女のファンクラブで一目置かれる存在になっているのだと、情報通のありさに以前、教えてもらった記憶がある。

「西村くんたちも早く」

いつ階段上に姿を現すかわからないキスウサに脅《おび》えながら、沙良は西村たちを急《せ》かした。

横抱きをせがむ瑠華奈をあえて背負った将人もそれに同意する。

将人をにらみながらも、西村たちがうなずき、立ちあがった時だ。

「西村、三島、久住、わかってるわね」

将人に甘えた時とは別人のように冷たい声で、瑠華奈が言った。

その瞬間、まるで電気ショックでも与えられたように、三人が立ち止まった。顔は真っ青で息も荒い。それでも西村たちは上階に向きなおる。

「なにしてるの！　早く逃げなきゃ……！」

「西村たちはカナナの壁なの。ほら、今のうちに行って、蔓原」

「素手であのキグルミに立ち向かえと言うのか？　それはさすがに……」

「きゃはは、マジレスだっさ！　こんなのただの夢だよ？　でも、たとえ夢でも西村たちはカナナのために生きるの。……でしょ？」

最後の一言は西村たちに向けたものだった。三人はまるで女王に勅命を賜《たまわ》った騎士のように、深くうなずく。

舌を打ち、将人が三階へ足を向けた。

「桃木さん、行こう」

「そんな……っ。蔓原くん、待って！」

「俺たちがここにいたら、西村たちは動けない。まずは間宮を安全な場所に移さないと」

「あ……そっか」

将人に言われ、やっと彼の意図を察する。鈍重さを責めるように瑠華奈に舌を打たれ、沙良はおどおどと謝りながらきびすを返した。

（もっと考えて動かないと……）

自分の鈍さが嫌になる。

沙良は将人たちとともに、急いで三階まで下りた。振り返ると、踊り場の窓から差し込む夕日が、西村たちを赤黒く染めている。

「下りたよ。西村くんたちも早く！」

沙良が声を張り上げると、西村たちがホッとしてうなずいた。

踊り場から下り階段のほうへ、一歩、二歩。

その時、西村たちの顔に、フッと影が落ちた。

「え……」

『クケケ！』

突然、四階から巨大な影が飛び下りてきた。白と赤のまだら模様になった物体だ。

キスウサは重いキグルミを着ているとは思えない俊敏な動作で、肉切り包丁を振りかぶり、容赦《ようしゃ》なく西村たちに襲いかかった。

＊　＊　＊

「——……！」


三階から踊り場を見あげ、沙良は呆然と立ち尽くした。

十数段上の踊り場で、キスウサが肉切り包丁を薙《な》ぎ払う。

それだけで久住の首がたやすく胴体から離れ、カーテンのように翻った鮮血が窓ガラスや壁を赤く濡らした。

悲鳴もあげずに倒れた久住を踏み越え、キスウサは西村と三島に迫る。あっという間に腹や肩を切り裂かれ、西村たちもまた床に倒れ伏した。

……微動だにできなかった。遠くで誰かの声が聞こえたが、沙良は呼吸も忘れ、目の前の惨状を見つめていた。

キスウサはなぜか、沙良たちを追うよりも、西村たちへの攻撃を優先させている。ぶんぶんと包丁を振るたびに、西村たちの身体が小さくなっていった。

ゴロゴロと階段を転がり、こぶし大の小さな塊がいくつも沙良の足もとに落ちてくる。

「……ひっ」

こんなことが現実であるはずがない。

早く目覚めないとダメだ。そもそも、いつまでも寝ていたら降りる駅をすぎてしま……。

——パァン。

取り留めのないことを考えていた時、どこか遠くで破裂音が聞こえた。

続いて、じわりと左の頬が熱くなる。なんだろうと他人事のように考えた時、今度は耳もとで火薬が爆発したような衝撃を受けた。

「い、いた……っ」

我に返った沙良の左頬にもう一度激しい痛みが走る。

顔をあげると、ぞっとするほど冷たい眼差しの瑠華奈と目があった。

「ぐずぐずしないで？　死にたいなら置いてくけど？」

「あ……ご、ごめん……痛っ」

瑠華奈にきつく手首を摑まれ、引っぱられる。

痛ましそうな目をこちらに向けつつ、彼女を背負った将人が走り出したため、沙良も引きずられて足を動かした。何度も転びそうになりながら、必死で目の前の階段を下りる。

西村たちの断末魔はもう聞こえない。ぐちゃぐちゃと粘ついた音だけが響いている。

……キスウサが踊り場で、西村たちの臓物を引きずり出している音だろう。

「う……」

再び嘔吐感がせりあがり、足が止まりそうになる。

「桃木さん、もうちょっとだ。せめて一階まで……」

将人に気遣われ、沙良は夢中でうなずいた。瑠華奈に叩かれた頬の痛みと、きつく摑まれている手首の痛みが、なんとか沙良の意識をこの場に留めていてくれる。

（もうやだ。お願いだから、早く目を覚まして……！）

必死で自分に念じながら、沙良は将人たちとともに一階まで駆けおりた。

どんなに呼吸が苦しくなっても、夢は覚めない。それどころか、昇降口を飛び出すと、やや沈みかけの赤黒い夕日の中、身を刺すように冷たい風が吹きつけてきた。

なんて生々しいのだろう、と沙良は言葉をなくした。

こんなにも色や音、匂いや温度を感じる夢は初めてだ。

（まさかこれ、夢じゃないんじゃ……）

「なんだ、これは」

愕然《がくぜん》とした沙良は、将人の声で我に返った。

目の前には正門がある。

しっかりと施錠《せじょう》された正門の向こうには真っ白な霧が立ち込めていた。それにもかかわらず、蔵院高校の敷地内は少しも煙っておらず、晴れている。明らかに奇妙な光景だ。

「これ、西門と同じ……」

「西門？」

沙良の呟《つぶや》きに、将人がなぜか不思議そうに聞き返してきた。

「う、うん。私、西門前にいて、校内放送があったからA組に行ったの。そしたら……」

「ねー、その話、今じゃなきゃダメ？　アレ、そろそろ追いかけてきそうなんだけど」

頭上を見あげていた瑠華奈が言った。

ハッとして校舎を振り返ると、A棟の三階と四階の間にある踊り場の窓から、キスウサが沙良たちを見おろしていた。がくがくと首を振っている姿は、まるで沙良たちを嘲笑《あざわら》っているようにも見える。

やがて、キスウサが窓から離れた。階段を下りてくる気だろうか。

「どうしよう、蔓原くん。私、門が開かないか試してみ……」

「桃木さん、その辺にある石を正門に向けて投げてみてくれないかな」

沙良と将人の台詞《せりふ》が被った。会話を遮《さえぎ》ってしまったことを謝りつつも、将人は切迫した様子で急かす。

「ごめん、なにか危険な気がする。うまく言えないんだけど」

「わ、わかった」

将人が言うなら、なにかがあるのかもしれない。

沙良は花壇脇に落ちていた握りこぶし大の石を拾い、正門に向かって投げつけた。

「わっ」

その瞬間、正門を中心にして、青白く放電する巨大な壁のようなものが出現した。縦にも左右にも、バッと十メートルほど広がり、「それ」はゆっくりと消えていく。

弾き飛ばされて足もとに転がってきた石は真っ黒に焦げていた。不用意に門に触っていたら、沙良も同じ目にあっていたかもしれない。

「なに……これ」

「わからない。でも、外には出られそうにないな」

キスウサを警戒して背後を振り返りながら、将人は沙良を促した。

敷地の外塀に沿って作られた自転車置き場の脇を走る。B棟のほうに逃げながら、沙良はせわしなく周囲を見回した。

(先に逃げた人たちはどこに……)

正門の前には誰も倒れていないため、皆、正門に触れたりせず、どこかに逃げたはずだ。彼らと合流したい。そしてなにより、足をくじいた瑠華奈や、彼女を背負ったままの将人を休ませてあげたかった。

「どこか安全なところは……あ!」

祈るような思いでB棟の脇を抜けて体育館へ向かった時、沙良は思わず声をあげた。体育館のさらに先、渡り廊下でつながっている武道館に煌々《こうこう》と灯りがともっていた。

2

蔵院《くらいん》高校は凹《おう》の字型の校舎の先に、体育館と武道館があり、さらにその先には部室棟とテニスコートが造られている。テニスコートの側面には弓道場とプールがあり、全ての施設をつなぐと「逆L字」になる。その中央には校庭が広がっていて、公立高校の中では施設が充実していると、内外からの評判も高かった。

そんな蔵院高校の武道館は独立した二階建ての建物で、一階に剣道場と柔道場が、二階には空手部も使うバドミントン用のコートが造られていた。

沙良《さら》たちは渡り廊下を通り、建物に飛びこんだ。

小さな出入りスペースの左右には剣道部と柔道部の部室がそれぞれあり、正面の引き戸の先が道場だ。

道場から漏れている柔らかい灯りを見て、沙良は思わず泣きそうになった。気のせいかもしれないが、武道館の空気は清らかで、無性に安堵する。瑠華奈《るかな》を背負った将人《まさと》と顔を見合わせ、沙良は正面の引き戸に手をかけた。

——開かない。

内側から鍵がかけられている。

ガラスがはまった格子戸《こうしど》の隙間から、脅《おび》えた顔の男女と目が合った。皆、沙良の記憶よりも成長しているが、見覚えのある顔ばかりだ。同じ学校で二年以上、ともに学んだ仲間なのに。

（まさか、開けてもらえない？）

あとを追ってくるであろうキスウサに脅え、沙良たちごと締め出すつもりだろうか。

不安で、沙良が言葉をなくした時だ。

「沙良！　よかった、無事だったんだ！」

乱暴に鍵が開けられる音がして、中から女性が飛び出してきた。

「りさちゃん……！」

髪をお団子にした沙良の友人、ありさが沙良に抱きついてくる。電車内で送られてきた写真と同じ振袖を着ていたが、化粧はしていない。なぜそんな格好をしているのかと尋ねる前に、ありさは沙良たち三人を道場に引きこみ、再びしっかりと鍵をかけた。

長方形の道場内は見たところ、なにも異常がないようだった。

長辺の中間にはそれぞれ、沙良たちの入ってきた出入口と、屋外に通じる玄関がある。可動式のパーティションで剣道場と柔道場は区切られ、柔道場には柔道畳《だたみ》が敷かれていた。

また、道場の短辺には向かい合う形で、剣道部と柔道部の用具倉庫が作られている。

中にいる男女は剣道部の用具倉庫から持ってきたであろう竹刀《しない》で、引き戸につっかえ棒をし、柔道部の用具倉庫に落ちていたらしい道着の帯で引き戸の格子と、戸のそばにある柱を結び合わせた。

同時に、天井付近にぐるりと造られた窓にも、玄関脇に設置された操作パネルを使い、遮光《しゃこう》カーテンを下ろしている。内側の光を外に漏らさないためだろう。沙良たちもあと少し到着が遅ければ、武道館に人がいることに気づかなかったかもしれない。

「ごめん。みんなと逃げたあと、沙良がいないって気づいたんだ。すぐ戻ろうとしたけど、流れから抜け出せなくて」

ありさが涙声で詫びてくる。沙良は慌てて首を振った。

「そんなこと、全然いいよ！　それより、りさちゃんが無事でよかった」

「あ、ありがと……でもこれ、なに？　意味わかんないよ」

ありさも沙良と同じく、混乱しているようだった。震えが止まらないのか、何度も手のひらをこすり合わせている。

沙良が改めて道場を見回すと、柔道場の畳の上に、二十人弱の元クラスメイトがいた。校内放送で呼び出された通り、一年A組で一緒だった人たちだ。

程度の差はあれど、皆、服や顔に血が飛び、何人かは実際に怪我《けが》もしている。うめき声や荒々しい息づかいがあちこちで聞こえ、皆、脅えきっているように見えた。

（これだけ？）

元一年A組の生徒は二十八人いたはずだ。残りの人はどこに行ってしまったのだろう、とぼんやり考え……沙良はきつく唇を噛《か》みしめた。

どこ、などと改めて考えるまでもない。沙良が先ほど見た通りだ。

（時計、四時四十五分だ）

壁の高い位置に、丸時計が設置されていた。沙良が目覚めた時、西門脇の屋外時計は四時を指していたはずだ。あれから四十五分しか経っていないとは。

「痛い……痛いよお……」

畳の隅で悲痛な泣き声が聞こえた。

元クラスメイトの一人、京極《きょうごく》かおりがうずくまり、顔の左半分を手で押さえている。高校時代はきれいに化粧をした、おしゃれな少女だったが、今は手の隙間から血をだらだらと流していた。

キスウサに顔を斬りつけられたのだろう。傷口は見えないが、血の量から見て、軽い怪我ではなさそうだ。泣きじゃくる彼女に、元バレー部の水島聡子《みずしまさとこ》が付き添っている。

「かおり、しっかりして。こんな傷、すぐに治るからさ！」

「あ、あたしの顔、どうなってる？　どうしよう、目が開かない……」

「いってえ……！　マジ、なにが起きてんだよ。俺ら、攫《さら》われたのか？　誰の仕業だよ！」

少し離れたところでは、元サッカー部の青年が左腕を押さえてわめいていた。

彼らの流した血と、恐怖に満ちた汗の臭い。そして今まで嗅いだことのないツンとした悪臭が混ざりあって息がつまりそうだ。

「あ、あたしさ。さっきまで家で着付けしてただけなんだよ」

混乱と恐怖が渦巻く柔道場で、ありさが震えながら沙良に言った。

「一息つこうとして廊下に出たはずなのに、気づいたら一年A組《いちエー》の机で寝てたの。周りにもみんながいて、ぼんやりしてたら、『集まってください』みたいな校内放送が流れて」

「うん……うん」

「なにがなんだかわからないけど、久しぶりーってそばにいた聡子たちとしゃべってたら、き、急にキモウサが教室に入ってきて……うぅっ」

ありさは吐き気を覚えたように、口もとを押さえてうずくまった。

「キモウサ」とは、キスウサの気持ち悪さを強調したあだ名だ。高校時代はありさがそう言うたびに沙良が「キスウサはキモカワなの！」と訴えては笑いあったが、今はとてもそんな気分にはなれない。

慣れない振袖が苦しいのか、肩で息をするありさの背中をさすりながら、沙良は違和感を覚えた。

（みんな、教室で寝てた……？）

沙良が目覚めたのは西門脇だ。先ほど、正門前で将人がなにか言いたそうな顔をしていたのは、このことだったのかもしれない。

（私だけみんなと違う場所で起きたってこと？　なんでかわからないけど、それって、なんか……）

あまり人に知られたくない気がする。

幸い、将人はそのことを皆の前で言う気はなさそうだった。瑠華奈はそもそも沙良に興味がないのか、一人、柔道場の壁に寄りかかって髪を手櫛《てぐし》で整えている。

「みんな、一度集まってくれないか」

沙良が内心の不安を隠し、ありさに寄り添っていた時、将人がぐるりと道場内を見回した。青ざめてはいたが、声は誰よりも落ち着いている。

「まずは施錠確認をしよう。武道館に詳しい奴が見回ってくれるとありがたいんだが」

「大丈夫。それは私と聡子で確認したよ」

皆が沈黙する中、一人の美少女が手をあげた。

すらりと背が高い、ショートカットの柚木《ゆずき》玲《れい》だ。黒いタンクトップにもこもことしたニットをあわせ、ショートパンツの下から長い脚を惜しげもなく晒《さら》している。上から細身のコートを羽織った姿は、ファッション雑誌から抜け出したようにかっこよく決まっていた。

こんな状況じゃなければ、沙良は思わず見とれていただろう。

玲は高校時代、女子バレー部の部長を務めていた。それまで万年地区大会の一回戦負けだった女子バレー部を高校二年の時に県大会に出場させ、三年時の春には優勝に導いたのも彼女の力によるところが大きい。

面倒見がよく、裏表のない性格で、玲は先輩後輩問わず慕われていた。沙良も編入したての時、なにかと助けてもらったものだ。

「体育館がバスケ部の練習試合とかで使えない時、女バレは武道館の二階で練習したからさ。一階に入ったのは授業の時くらいだけど、それなりに覚えてる」

玲は将人に、張りのある声ですらすらと答えた。

「ここの戸は私たちが入ってきた出入口と玄関の二つだけ。あと柔道場の奥にある用具倉庫内に非常ドアが一つあるけど、全部鍵を閉めたから安心していいよ」

「助かる。窓は……」

「上の大窓は自動で施錠済み。足もとの小窓も全部確認したし、こっちは格子がはまってるから入ってこられないと思う。ただ……」

「なにか問題が?」

玲が困惑したように、くしゃりと髪をかきあげた。

「妙なんだよね。操作パネルでカーテン閉めたり、鍵をかけたりはできるのに、灯りが消せない。私たちが来た時からついてたし、照明のスイッチだけが壊れてるのかも……。これじゃいくらカーテンを閉めても、中に私たちがいるってばれるのは時間の問題だよ」

「確かに、今はまだ夕日が出ているからいいけど、日が沈んだらまずいな」

武道館自体の扉は重厚な造りになっているが、道場の出入口だけは木製の引き戸だ。力いっぱい体当たりすれば、沙良でも壊せそうなのだから、キスウサなら一発だろう。

周囲に重い沈黙が落ちる。

怪我人たちのすすり泣く声が聞こえる中、玲があえて軽く言った。

「とりあえず暖房は入れたよ。体育館の灯油ストーブは持ってこられなかったけど、すぐ出ていくにしても、少し休むにしても、あったかい場所があるってのはいいでしょ」

そんな場合か、という声はどこからもあがらなかった。

沙良や将人、玲のように外出着の者も多いが、居酒屋やファストフード店の制服を着たままの男女もいる。それどころか約半数は薄手の部屋着で、一月の寒気にさらされて震えていた。

皆、この蔵院高校に来る前は、各自の生活を送っていたのだろう。

（これはただの夢……のはずだけど）

必死に自分に言い聞かせるが、震えが止まらなかった。先ほど瑠華奈に平手打ちされた頬もまだ、ひりひりと痛んでいる。

なんとリアルな夢だろう。

もう十分だから、どうか目覚めてほしい、と沙良が必死に祈った時だ。

ガァン！　と道場の出入口が激しく音を立てた。

「ひ……!!」

引き戸にはまったガラスの向こうから、キスウサが顔をのぞかせる。中に沙良たちがいることを確認し、キスウサは力任せに肉切り包丁で戸を殴りはじめた。

「いや……いやあああッ!!」

沙良たちは悲鳴をあげ、出入口から一番遠い玄関前まで後ずさった。

ガガガン、ゴンッガガン!!

息をつく間もない騒音が響く。刃こぼれのことなど考えてもいない乱暴さで、キスウサがめちゃくちゃに戸を殴りつけてくる。顔に飛んだ血しぶきと消火剤のカスもぬぐわず、顔をがくがくと揺らして一心不乱に、執拗《しつよう》に。

施錠した引き戸が激しく跳ねる。

壊されるのも時間の問題だ。

「うわあああっ、ああああ！」

誰かが玄関の鍵を開けて逃げようと躍起《やっき》になっていた。

だが、なぜかそれを将人が止めている。

（なんで？　蔓原《つるはら》くん、なんで……）

わからない。落ち着いて考える余裕がない。

（お願い、入ってこないで……！）

沙良は振袖姿のありさと手を握り、きつく目をつぶって必死で祈った。

そのまま、どれくらい経っただろうか。

「あ……」

ふと気づくと、いつの間にかキスウサの攻撃が止んでいた。耳の奥ではまだ、不協和音が反響していたが、それも少しずつ小さくなり、やがて痛いほどの沈黙が戻ってくる。

「……あ、きらめた？」

誰もが固唾《かたず》をのんで引き戸を見つめていた。十分すぎるほどの時間が過ぎた辺りで、ようやくあちこちから安堵の声があがる。

「た、助かったの？」

「よかった。もうダメかと……」

極度の緊張状態から解放され、すすり泣く声も聞こえる。武道館内の張りつめた空気が和《やわ》らぎ、沙良もありさとともに脱力した。

「ど、道場の戸って頑丈なんだね」

「ほんと、もうダメだと思ったよお……！」

沙良が胸をなでおろすと、ありさも横で半泣きになりながらうなずいた。

ひとまずは安全だ、と互いに微笑《ほほえ》みあった時だ。

「わかんないよ。戸をこじ開ける道具を探しに行ったのかも……」

誰かが不安げに呟《つぶや》いた声に、再び周囲が緊張した。

「キモウサが戻ってくる前に、逃げたほうがいいんじゃない？」

「どこに行きゃいいんだよ。こっから一番近いの、南門だろ。二十メートルはあるぞ」

再びじわじわと恐怖と動揺が広がった。突然襲われた時よりも、想像する時間のある今のほうが皆、恐怖に駆られている。

「どうせなら、正門から逃げりゃよかったんだ。なんで武道館に来たんだよ！」

「正門はおかしかったじゃねえか。外だけ霧《きり》がかかってるなんて普通じゃねえって」

「ねえ、今のうちに玄関の扉だけ開けとかない？　アイツが襲ってきても、すぐ逃げられるように……」

「バカ！　今度はこっちから襲ってくる気なのかもしれないでしょ！」

武道館が騒然としはじめる。

自然と皆、外に通じる扉の近くを避け、剣道場の用具倉庫付近に集まった。そこなら、左手の出入口も、右手の玄関も、正面の柔道場奥の非常口も一望できる。

（ここにいたほうがいい気がする、けど）

根拠はないが、沙良は漠然とそう思った。明るい場所から出たくない気持ちも強いが、それ以上に先ほどのキスウサの様子が気になる。なにが変なのか、うまく言葉にはできないが……。

「沙良、逃げよう」

ありさは逆の考えにいたったようで、焦った様子で沙良の腕を掴んだ。

「早く！　あいつがまた来たら、今度こそあたしらやばいよ」

「う、うん。でも……」

「ねえ、みんな待って。私は武道館にいたほうがいいと思う」

その時、玲が静かに手をあげた。冷静な声に、騒々しかった道場がスッと静まる。

「あのキグルミ、引き戸を殴るだけで、すぐ引き返したじゃん。なんか、私たちを脅《おど》して、外に逃げるように仕向けた感じがするんだよね」

「おびき出そうとしたってこと……？」

沙良が尋ねると、玲は深くうなずいた。

「うん。だってどう考えても、あんな化け物が引き戸が壊せないってことはないでしょ。壊せないんじゃなくて、壊さなかったんじゃないかな。理由はわかんないけど」

「アホか。単にキモウサがバカだっただけだろ！」

その時、どこからか怒声があがった。

玲はそちらを見たものの、怒ることなく肩をすくめた。

「もちろん、キスウサは人間を殺すのは得意だけど、引き戸を壊すのは苦手だったのかもしれないし、戸をこじ開けるための道具を探しに行った可能性だってある。単に、私はここにいたほうがいいって思うだけだよ」

突き放したようにも聞こえる玲の言葉を受け、皆、そわそわしながら視線をかわしあった。先ほどは出ていくことを訴えたありさも、今は迷っているようだ。玲の言い分ももっともだと思いはじめているのだろう。

(私もやっぱり残りたい……)

将人はどう思っているのだろうと捜すと、彼は最初から出ていく気などないようで、腕を組み、考えごとに没頭していた。先ほど玄関を開けようとした人を止めたのも、玲と同じことを考えたからなのかもしれない。

瑠華奈も形のいい足を伸ばして座り、興味がなさそうな様子だ。彼女はそもそも、ひねった足が痛くて、歩けないのかもしれない。

場内のざわめきも次第に、ここに留まろうという意見が多くなってきた。

皆と一緒にいられそうで、沙良がホッとした時だ。

「かもしれないだの、可能性があるだの、要はなにもわかんねえってことじゃねえか」

荒っぽい嘲笑《ちょうしょう》が響き、数人の男女が皆の前に進み出た。

先頭に、柄物のブルゾンを着て、胸もとにサングラスを引っかけた青年が立っている。胸もとや手首、耳にジャラジャラと金色のアクセサリーをつけ、真冬だというのに肌はこんがりと焼けている。

「青井《あおい》くん……」

日焼けした青年を見て、沙良は思わず呟いた。

高校時代はサッカー部の花形選手だった青井健太《けんた》だ。

当時のサッカー部は県大会の常連で、選手たちはいつも取り巻きの女生徒を引き連れていた。沙良たちが二年生の頃までは、蔵院高校で唯一、県大会に連続出場している部として注目を集めていたが、玲の率いる女子バレー部が県大会で優勝し、全国大会に出場したことで、一気に影が薄くなってしまった。

「ヤスを手当てしてやんなきゃなんねえしな。俺たちは出ていくぜ」

青井は自分の見せ場とばかりに胸を張った。剣道部の用具倉庫から持ち出した竹刀を手に、怪我した腕にハンカチを巻いた仲間の青年、安田友臣《やすだともおみ》の肩を抱く。

「青井のあれ、絶対口実だよね。あいつ、まだ柚木さんに絡むんだ。こりないな……」

ハラハラしながら事態を見守っていた沙良の隣で、ありさが呆《あき》れたように嘆息した。どういうことかと沙良が視線で尋ねると、ありさは青井に聞こえないように声を潜め、

「青井、一年の頃柚木さんに告って、あっさり振られたらしいよ。それからサッカー部の

取り巻き女子と派手に遊ぶようになったけど、どうしても諦められなかったみたい。卒業式のあと、サッカー部のメンバーひきつれて、『俺の女にしてやるよ』って言いに行って、柚木さんに『生理的に無理』って一蹴されたって」

「そんなことがあったんだ……」

「卒業してからも、メールとかで粘着してたみたい。未練たらたらなのが丸わかり」

高校時代、新聞部だったありさは情報通だ。友を助けたいという青井に、冷めた視線を向けている。

「出ていくって本気で？　青井、死ぬ気？」

玲も自分に対する対抗心を感じたのか、呆れたように青井をねめつけた。長い腕を組んで正面から応じる玲は、まるで一国の女王のように毅然《きぜん》としていて貫録がある。

青井はあからさまにひるみつつ、なおも玲に言い返した。

「生きる気だから逃げるっつってんだよ。キモウサが戻ってきたら終わりだからな。脳筋《のうきん》女にはそんな簡単なこともわかんねえってか？」

「さっきも言ったけど、私は……」

「へーへー、ここが安全な『気がする』ってやつな。で、根拠はねえけど全員従えって、お前、どんだけ偉いわけ？」

「別にあんたたちを従わせる気はないよ。確かに私もなにもわかってないし、みんな、自分が正しいと思うことをするしかないんじゃない？」

「だ、ダメ、柚木さ……」

それは言ってはいけない、と沙良はとっさに声をあげた。

しかしもう遅い。青井はギラリと玲をにらむと、癇癪《かんしゃく》を起こした子供のように何度か床を蹴りつけ、きびすを返した。

「あー、そーするわ！　テメエはそのツラ切り刻まれて死んじまえ！」

「待って、青井くん。落ち着いて……」

「うるせえ！　いつまでもこんな夢だか、ドッキリだかに付き合ってられるか！」

青井は沙良の手を振り払い、周囲にいた安田たちに顎《あご》で指示を出した。彼らが玄関の扉を開けるのを見届け、そばに立っていた女性をぐいと引き寄せる。

「あ……」

「神林《かんばやし》さん……」

眼鏡をかけたおかっぱ頭の神林美智子《みちこ》と一瞬視線が絡み、沙良は思わず声をあげた。

派手な格好の青井たち元サッカー部の人々とは違い、図書委員だった美智子は今、地味なパーカーを着ていた。化粧気はないが、その胸もとは武道館にいる誰よりも大きく膨らんでいる。高校時代もボリュームがあったが、この二年でさらに成長したようで、胸囲だけなら美智子は抜群のプロポーションを誇る瑠華奈や玲以上だろう。

美智子は高校時代、誰に対しても敬語で話す、大人しい少女だった。サッカー部の追っかけをしていた記憶はないが、今、青井と一緒にいるということは付き合っているのだろうか。

（青井くんは柚木さんに振られたあと、神林さんと付き合ったのかな……）

おそらくそういうことだろうが、派手な青井と大人しい美智子はあまり「お似合い」という感じがしなかった。恋人同士にしては、美智子が青井の腕に抱かれながら、居心地悪そうにしているところも気になる。

「神林さん、きみも行くのか？」

見かねたように、それまで黙っていた将人が声をかけた。

「俺も柚木さんと同意見だ。南門は確かめてないけど、正門に触れようとしたら青白い壁が邪魔してきたんだ。外には出られないと仮定して対策を練ったほうがいい」

「へっ、蔓原、お前、美智子に気があんのか？　そんなホラ話、誰が信じるかよ！」

美智子がなにかを言う前に、青井は苛立《いらだ》たしげにその腰を引き寄せた。将人の話を信じていないのだろうか。信じたくないだけなのかもしれない。

美智子は困った顔をしつつ、沙良たちに軽く会釈《えしやく》をし、青井に引きずられながら玄関から出ていった。

二人のあとに、元サッカー部の安田と伊藤一男《いとうかずお》、そしてマネージャーだった卯月桜《うづきさくら》が続く。

五人の男女を吐き出し、静かに戸が閉まった。

……誰も、なにもできなかった。

皆、他人を説得できるほど、状況を理解できていない。素早く玄関の鍵をかけなおす元バレー部の聡子を見て、沙良は息苦しさを覚えた。

「行かせちゃってよかったのかな……」

「仕方ない。彼らが自分で決めたことだ。俺たちも自分のことを考えよう」

疲れたように、将人がため息をついた。彼の言い分は正しいが、どこか突き放されたような気持ちになり、沙良はうつむいた。

ようやく暖房が効きはじめ、道場内は徐々に暖かくなっていたが、身体の震えが止まらない。隣を見ると、ありさも同じだった。他の人々も不安そうな顔をしている。

「みんな、いいかな」

将人が再び武道館内を見回した。

不満の声も賛成の声もあがらない。皆、途方に暮れた顔で、将人に目を向けた。

「ここを出ていくべきか迷っている人もいると思う。今後どうするかも含め、一度状況を整理しておきたいんだ。どうやってここに来たか、覚えている人はいるかな」

誰もが首を横に振る。

「……俺も同じだ。教授に居残る許可をもらって大学の書庫で調べ物をしていたはずが、気づいたら一年A組の自分の机で寝ていた。誰かに拉致された記憶もない。本来ならありえない話だろうし、夢だと思っている人もいるだろうけど、俺は現実だと思うんだ」

それは違う、とあちこちから抗議する声があがった。根拠のある意見ではなく、そうあってほしいと彼らが思っているのが伝わってくる。

(私も夢だと思いたいけど……。そういえば蔓原くん、これが夢か現実かを見分ける方法があるって言ってた)

A棟四階でキスウサから逃げる途中、確か将人はそんなことを言っていたはずだ。

顔をあげると、将人と目が合った。彼は小さくうなずき、改めて口を開いた。

「みんな、手を胸か手首に当てて、脈か心拍数を十まで数えてみてくれないか」

突然なんだ、とざわめきが広がったが、意外にも皆、素直に将人に従う。自分の置かれている状況がなんなのか、わからないことが一番不安なのだろう。

沙良もありさとうなずき合い、目を閉じて鼓動を数えてみた。

(一……二……三……)

普段よりも心音は速く強い。この状況に緊張しているのだろう。

「数え終わったかな。一から十まで正確に。……それが、今、俺たちが現実にいることの証《あかし》だと思う」

やがて将人が静かに言った。動揺する沙良たちを見回し、彼は冷静に言葉をつなぐ。

「夢っていうのは断片的な情報や映像の集まりで、起きた時に脳がそれらをつなぎ合わせて、一つの流れを作ると言われているんだ。断片的な情報の中に、単調な決まりごとはまず含まれない。つまり仮に今、夢を視《み》ているとしたら胸に手を当てたところと、俺が話しているところは思い出せても、脈拍を数えている時の記憶はないはずなんだ」

「……！」

誰もが息をのんだ。

「痛みや寒さを夢の中で感じる人はいるけど、ものを数えられるのは現実だけだと俺は思う。これがシミュレーテッドリアリティの場合はまた違ってくるけど」

「えっと、シミュレ……？」

「シミュレーテッドリアリティ。ＳＦや漫画であるような、コンピュータを使って構築した仮想世界を現実のように体験する現象のことだよ。その世界は本当の現実と区別できないほどリアルだと言われているけど、今の人間の技術力だとまだ実用化できていないんだ。他に、機械を使って人の感覚に働きかけて、五感を作り出す方法としてはバーチャルリアリティがあるけど、その場合、体験者はその感覚と、自分のいる現実をしっかり区別できるから、今の俺たちの状況とは違うだろうね。……で、こういう話をみんなが初めて聞いた場合、やっぱりこれは夢じゃないってことになる」

自分の知らない知識を他人から得ることもまた、現実でしか起きない、と将人は言う。

信じたくなかった。それでも信じざるを得なかった。

重くのしかかる沈黙を振り払うように、将人が頭を振った。

「そんなわけでみんな、気を引き締めてほしい。なにが起きているかは俺もまだわかってないけど、ここで死んだら終わりだと思って、軽率な行動は控えよう。……で、あのキスウサの中身についてだけど」

「その前に一つ、やらなきゃいけないことがあるよ」

静かに玲が手をあげた。皆の視線を一身に集めながら、玲はいち早く動揺から立ち直ったように一歩前に出た。

「誰が死んだか、一度ちゃんと整理しよう」

武道館の空気がさらに重くなる。

できれば考えたくないことだった。死んだと思わなければ、彼らもまだどこかで生きているのではないかと希望が持てただろう。

(でも……)

そんな都合のいい奇跡は起きない。これが現実なら、確かに現状を把握しなければ。

「日野《ひの》さんと……桐原《きりはら》が死んだのは見た。目の前で首、飛ばされたから」

高校時代、無類のゲーム好きだった柳場敏一《やなぎばとしいち》が震える声で言った。部屋着のパーカーとスウェット姿で、かなり寒そうだ。

明るくひょうきんな少年だったが、今は顔にも服にもかなりの量の血のりがついている。すでに乾いていて、柳場自身も無傷に見えるため、それは元クラスメイトのものなのだろう。目の前で殺された人たちのことを思い出したのか、彼の目もとは時折神経質に、ぴくぴくとひきつっていた。

玲がこくりとうなずき、それに続く。

「舞も殺された。私、あのキグルミを絶対許さない……！」

それまで冷静だった玲の双眸《そうぼう》に、ギラリと憎悪の炎が宿る。

（そうか、柚木さんと舞ちゃんって……）

確か、幼馴染だったはずだ、と沙良は思い出した。

活発な玲と、おっとりとした舞は性格こそ真逆だったが、いつもすごく仲が良かった。蔵院高校は校則が緩かったため、おそろいで買ったという金細工のブレスレットを二人とも手首につけていたものだ。

今も玲の左手首には当時と同じブレスレットが輝いていた。おそらく舞も同じだろう。

（そういえば、アクセサリーは無事みたい）

腕時計やバッグ、携帯電話は皆、蔵院高校に連れてこられた時点で取り上げられているようだが、眼鏡や装飾品は無事らしい。

それはキスウサの温情なのか、単に興味がなかったからか……。

もっとも、そんなものが温情のはずはない。ずっと一緒にいた友人をこんな形で失うなんて、沙良ならきっと耐えられない。玲はその悲しみをキスウサに対する怒りに変え、なんとか理性を保っているのだろう。

「恩田《おんだ》と田辺《たなべ》、内藤《ないとう》もやられたな。確か、最初に殺されたのがあいつらだ。キモウサが教室に入ってくるまで、入口付近ではしゃいでたから」

皆、口々に元クラスメイトの死を述べていく。

「西村《にしむら》くんと久住《くずみ》くん……三島《みしま》くんも」

沙良も、震える声で言った。

本当は、これは瑠華奈に言ってほしかった。勝手な感傷だと自分でもわかっているが、せめて瑠華奈の口から、彼らのおかげで生きていると感謝してほしかった。

だが、瑠華奈は座ったまま、話し合いには参加しなかった。金の昇り竜が描かれた黒地のロングTシャツに、金刺しゅうを施したレザーパンツをはき、ひげを生やした巨漢の青年、嵐山秀仁《あらしやまひでひと》の肩に手を添え、こそこそと話しこんでいる。

白い足を組み、赤く腫《は》れた右足首を見せる瑠華奈と、まくれ上がるスカートの奥に視線が釘《くぎ》づけになっている嵐山が見え、沙良はとっさに目をそらしてしまった。

(なんか……)

胸の奥がもやもやとした。

きっと瑠華奈は足が痛むあまり、今は西村たちのことまで考える余裕がないのだろう。もしくは玲のように、悲しみを面《おもて》に出さないよう、必死で堪《こら》えているに違いない。そう思おうとするたび、嵐山にしなだれかかる瑠華奈の姿が視界の隅でちらついた。

「……殺されたのは九人か」

全員の話を聞き終え、将人が重くため息をついた。改めて告げられた言葉に、沙良は一瞬瑠華奈のことも忘れた。九人はあまりにも多すぎる。

「ねえ……待って。それだと人数、あわなくない？」

その時、ありさが不安そうに声をあげた。自分の発言に自信が持てないためか、皆に意見を求めるように問いかける。

「一年A組って全部で二十八人だったよね？　今回死んじゃったのが九人と、さっき出ていった青井たち五人……。いなくなったのが全部で十四人なら、ここに十四人残ってなきゃいけないのに、二人、足りなくない？」

「あ……！」

沙良が改めて武道館を見回すと、確かに十二人しかいなかった。まさかまだ二人、校内を逃げているのだろうか。もしくはもう……。

「一人は渡辺《わたなべ》ミカだな。……と言っても彼女は確か、去年亡くなったはずだ」

将人が少し考えて言う。

「オーストラリアに家族で移住したあと、交通事故に遭ったと連絡が来た気がする。彼女は除外していいだろう」

「じゃあやっぱりヤクザ原、だよね」

ありさがなにかを確かめるようにうめいた。なぜか沙良以外の人は皆、そろって同じような苦い顔をしている。

（ヤクザ原？　そんな名前の人なんて……あ）

ありさが言っているのは箭竹原享司《やたけばらきょうじ》のことだと沙良は遅れて気がついた。

ここにいない最後の一人……。

享司は高校時代から百九十センチに届くかという恵まれた体格をし、金色に染めた髪をライオンのたてがみのようになびかせていた。眼光が鋭く、父親が複数の不動産会社を経営していて、裏では暴力団を組織しているらしいという噂がまことしやかに流れていたものだ。

高校卒業後、享司の噂は情報通のありさの耳にも入ってこなかったようで、どこでなにをしているのか、知っている者はいなかった。

「そういえば、最初に一《いち》年A《エー》組から逃げる時も箭竹原くんはいなかった気が……。まさか渡辺さんみたいに、箭竹原くんも事故とかで……？」

「いや沙良、あいつに限ってそれはないって。むしろ……ねえ？」

「え？」

思わせぶりなありさの言葉に小首をかしげる。どういうことかと周囲を見回すと、皆、顔をこわばらせて押し黙っていた。

一人だけ困惑する沙良に、ありさは仕方なさそうに、そっと耳打ちしてきた。

「キモウサの中身、ヤクザ原じゃないかな？　ってこと」

「まさか！　そんなことあるわけないよ」

「だってここにいないの、あいつだけじゃん。あいつなら、変な薬であたしたちを眠らせて、手下に命じて、ここに連れてくることもできるだろうし。ケータイとか財布とか、全部取り上げて、外に連絡できないようにしてさ。バラバラにして内臓とか売りさばくつもりなのかも……」

「そんなことのために、人殺しなんて……」

「沙良はお人よしすぎるって。アレが人殺ししないなら、世の中に殺人事件なんて起きないでしょ」

ありさの言い分に、誰も異を唱えない。逆に、箭竹原ならやりかねない、と声があがるほどだ。三年間、同じ学校で学んだ人が元クラスメイトを惨殺《ざんさつ》するなんてありえない、と思っているのは沙良だけなのだろうか。

「蔓原くん……」

彼ならきっと皆を説得してくれるはずだ、とすがるような思いで見つめたが、将人は渋《じゆう》面《めん》を作ったままだ。どうしたのかと沙良が尋ねると、彼は言いにくそうに口を開いた。

「箭竹原は……俺が一年A組で目を覚ました時、ちょうど教室を出ていく後ろ姿が見えた。その時はなにが起きたかわからなかったし、すぐにみんなが目覚めたから、今まで奴のことは忘れていたけど……」

「そ、それはたまたま最初に起きたから、校内の様子を見に行ったのかもしれないよ」

言いながら、沙良はA棟に入った時、中央階段のほうで足音を聞いたことを思い出した。あの時は結局足音の主に会えなかったが、あれが享司だったのかもしれない。

「はっ、なんだよ、ビビることなかったんじゃねえか」

その時、急に壁際で大きな声がした。

巨漢の青年、嵐山秀仁が瑠華奈の隣で肩を揺らして笑っている。

「ヤクザってだけじゃなくて、マジで人殺しにまで落ちたのかよ、あいつ。生きてる価値もねえクズだな、クズ！」

「嵐山くん……」

「おい、この中に、校内でヤクザ原の手下とか見た奴いねえか？　……いねえんだな。なら今、あいつは一人ってことだ」

「なにをする気だ、嵐山」

　不穏な空気を察し、将人が声をかける。馬鹿にしたように嵐山は鼻を鳴らし、のそりと立ちあがった。身長は将人よりも少し低く、百八十センチ弱だが、体重は将人の倍はありそうだ。立ちあがると、彼の巨大さはキスウサに並ぶほどだった。

「キモウサがヤクザ原なら怖がる必要なんてねえだろ。さっきはちょっとビビっちまったが、もう油断はしねえ。俺がぶっ殺してやる」

「一人であのキグルミと戦うつもりか？　もし銃を持ってたらどうする」

「そんなもんあったら、最初から使ってるだろ。おい、誰か、俺と一緒にヤクザ原をぶっ殺そうって奴はいないか？」

　嵐山が両手を広げ、皆に呼びかけた。

　誰も手をあげない。

　だが反対もしなかった。何人かは頼もしそうに嵐山を見あげている。

　それに気を良くしたのか、嵐山は勇ましく鼻息を吐き、どかどかと足音を立てて武道館を出ていこうとした。

「待って、嵐山くん。危ないよ！」

「大丈夫でしょー？　嵐山、強いし」

　慌てて沙良が駆け寄ろうとした時、ずっと黙っていた瑠華奈が言った。きゅっと形のいい唇をつりあげ、彼女は軽く身を乗り出して胸を強調して笑う。

「カナナ、強い人大好きー。アレを倒してくれたら、嵐山のこと好きになっちゃうかも」

「間宮《まみや》さん、さっき嵐山くんとしゃべってたのって、まさかそのこと……？」

「なに、なんか文句あんの？」

「文句っていうか……」

「アレに何人も殺されてー、ほっといたらカナナも殺されるかもしれなくてー、だから嵐山が頑張ってくれるって言ってるんだよー？　……なのに、なに士気をさげること言ってんの。自分で倒す気がないなら黙ってろよ、ドブス」

ギラリと毒蜂《どくばち》のような視線を向けられ、沙良は身をすくませた。

確かに瑠華奈の言うとおり、自分が力ずくでキスウサを捕まえることなどできるとは思えない。廊下で近づいてこられた時も、恐怖で震えるしかなかった。

（でも、だからこそ……）

キスウサの恐ろしさはわかっている。

軽く腕を振るだけで人の身体を解体するなんて、普通の人間にはできないはずだ。

そもそも家業がどうであれ、日本各地に散らばっていた自分たちを薬で眠らせ、蔵院高校に連れてきてから同時に目覚めさせられるものだろうか。学校の敷地外に立ちこめている霧や、結界のように出現する青白い壁も、沙良には異常なことに思えるのに。

（だから、なのかな）

自分の手には負えないと思うのが怖くて、皆、あえて人間が犯人だと思いこもうとしているのだろうか。人間なら倒せばいい。そうしたら無事に帰れると信じて。

「でも……でもダメだよ。落ち着いて……」

「嵐山、お願いね？」

沙良を無視し、瑠華奈が嵐山に流し目を向けた。

「あいつ殺すついでに、湿布とか包帯も持ってきて。カナナ、もう足が痛くって」

「お前こそ忘れんなよ」

「わかってるわよ。たぁっぷりサービスしちゃう」

思わせぶりに微笑む瑠華奈に嵐山は嬉しげに口もとをひくつかせ、竹刀を持って武道館を出ていった。また一人、元クラスメイトがいなくなる。

(どうしよう、このままじゃみんながバラバラに……)

「沙良、沙良」

途方に暮れていた沙良は、不意に袖を引かれてハッとした。顔をあげると、ありさが困った顔で沙良を見ていた。

「止めても無駄だよ。つか、あれこれ反対ばっかしてたら、沙良が悪者になっちゃう」

「でも……」

「青井たちは外に逃げられて、嵐山がキモウサを倒してくれてめでたしめでたしってなるかもしれないじゃん？　否定的なことばっかり言うウザい奴って思われて、沙良がハブられるの、あたしは嫌だよ」

「あ……」

そう思われる恐れがあるのかと、沙良はやっと思い当たった。慌てて顔を上げると、何人かの男女が白けた目でこちらを見ている。

「ごめん、りさちゃん。私……」

「いや、嵐山に関しては、誰がなに言ったって無駄だったと思うしね」

ありさは沙良を連れ、剣道場の用具倉庫に移動した。なにかあるのかと思ったが、単に落ち着ける場所を探しただけのようだ。

用具倉庫には防具の入った袋や竹刀が山のように積み上げられていた。嵐山もせめて防具を着ていけばいい気がしたが、見たところ巨漢の彼が身につけられるものはなさそうだ。怪力を持つ犯人が相手では、防具を着て動きが鈍るほうが危険かもしれない。

（どうすればよかったのかな）

沙良は途方に暮れながら、ありさとともに暗がりに腰を下ろした。武道館に来た時は場内の明るさが嬉しかったが、今、皆から少し離れて、ありさと二人きりになると、より安心できた。自分でも思っていた以上に、気を張っていたのかもしれない。

「嵐山ってさっき、ヤクザ原を超意識してたじゃん？」

ありさが雑談のように言った。

「嵐山、高校出てから、よくない連中と付き合ってるみたい。あたし、ヤクザの世界はよくわかんないけど、嵐山がいるところって、ヤクザ原のところと敵対してるらしいよ」

「だからさっき、殺すとか言ってたんだ……。よく知ってるね、りさちゃん」

「まーね。ほら、うちってずっと蔵院市で呉服屋やってるじゃん。多分あたしも結婚しない限り、この土地から離れないだろうから、人の噂話が唯一の娯楽なの。あー、我ながら嫌な趣味」

「そんなことないよ！　私、りさちゃんにいろいろ教えてもらうばっかりで……大勢と話すのも苦手だから、りさちゃんのことすごいと思う」

ありさは自分の趣味を恥じているようだが、噂話が好きということは他人に興味があることと同じだと沙良は思う。常に受け身で、進んで人と関われない自分のほうが、よほど性格に難がある。高校時代も、一年A組でありさが最初に声をかけてくれなければ、沙良はずっとクラスになじめなかったに違いない。

（今も……）

沙良が一人で空回っているのを見かね、ありさはそっと連れ出してくれたのだろう。

「ごめんね。私、なにがなんだかわからなくて」

「それはあたしも一緒だって。絶対一緒に、無事に帰ろうね！」

ありさがしっかり握りしめてきた手を、沙良も強く握り返した。

「でさ、これ見て、沙良」

しめっぽい話題は終わりだというように、ありさが明るくなにかを取り出した。紺色でひらひらとしたプリーツの入った……。

「袴《はかま》だ！」

剣道部で部員たちが着ていた白い道着と紺色の袴だ。沙良が目を丸くした時、用具倉庫に誰かがひょこりと顔を出した。

「それ、さっきここで見つけたんだ。さすがに振袖姿のままじゃ、江藤《えとう》さんも動きにくいと思ってさ」

玲だ。沙良たちを心配し、様子を見に来てくれたのだろう。

「あ……ありがとう」

思わず沙良が礼を言うと、玲はくすぐったそうに顔をほころばせた。ありさが恥ずかしそうに頰をかき、振袖の帯に手をかける。

「実はさっきから苦しくてさ。誰も来ないように見張っててくれない？　ぱぱっと着替えちゃう」

「わかった。その着物、すごく高そうだもんね」

「実際、やばい値段するみたい。成人式くらいで大げさだって、あたしも母さんたちに言ったんだけどさあ」

「そうなの？」

「そうそう。あたし、着物の価値とかわかんないのに、豚に真珠ってまさにこれよ」

おどけた仕草でありさが肩をすくめると、玲もくつくつと肩を揺らして笑った。まるで高校時代、友達と笑いあっていた頃が戻ってきたみたいだ。

（あ……）

自然と微笑んでいる自分に気づき、沙良は驚いた。元クラスメイトが立て続けに殺され、皆もバラバラになってしまって、とても笑える気分ではなかったのに。

「りさちゃん、柚木さん、ありがとう。……ごめんね」

色々な思いをこめて、頭を下げる。玲が優しく首を振った。

「玲でいいよ。私も沙良って呼んでいい？　実は高校の時から、そう呼びたかったんだ」

「もちろんいいけど……なんで私？」

「沙良、おもしろそうだったから」

「ええっ？」

どういう意味だろう。首をひねった沙良をしり目に、ありさが深々とうなずいた。

「わかるわー。この子、天然入ってるから。ぽやんとしてると思えば、鋭いこと言ったりするけど、さすがだわって見直そうと思うと、やっぱりぼんやりしてるんだよね」

「りさちゃん、ひどいよ！」

「褒め言葉、褒め言葉」

どこが、と言い返すが、ありさは少しも動じない。高校時代の失敗談を面白味たっぷりに話され、怒りつつも沙良まで小さく噴き出してしまった。

笑うたびに、肩が軽くなっていく。先ほどまで全身に満ちていた不安と恐怖も薄れていくようだ。それもこれも全て、ありさたちがそばにいてくれるおかげだろう。

「あー楽になった！　……でさ、沙良、も一個お願いなんだけど」

手際よく振袖を脱ぎ、袴姿になったありさが大きく伸びをした。そして唐突に、目の前で手を合わせる。

「実はさっきからトイレ行きたくて……付き合ってくれない？」

＊　＊　＊

神林美智子は引っ込み思案な少女だった。

好意も怒りも伝えるのが苦手で、クラスメイトどころか、下級生や親戚の子供にすら敬語で話してしまう。

祖父母が躾《しつけ》に厳しかったことが理由だろう。

美智子が物心つく前に両親は離婚していて、彼女は父に引き取られ、祖父母に育てられてきた。そこで毎日母の悪口を聞かされ、ああはなるなと厳しく言われてきたのだった。

どうやら母は浪費癖があり、性に奔放で幼子を置いて失踪した悪女らしい。祖父母に暴力を振るって奴隷《どれい》のように扱う、鬼のような女だったそうだ。

それが本当のことかはわからない。父に聞いても、曖昧《あいまい》にはぐらかすばかりだった。

(多分嘘でしょうけど……会いに来てくれませんし、私を捨てたのは確かですね)

蔵院高校に呼ばれる数時間前のことだ。

隙間風が吹く六畳間で美智子はぼんやりと考えた。

散らばった衣服を拾い集め、のろのろと身に着けていく。平均的な女性よりも大きいブラジャーをつける時、数十分前に噛みつかれた乳首がこすれて、ひどく痛んだ。

視線をさげれば、間抜けな顔で大の字になり、爆睡している青井健太の顔が目に入る。

二年前の卒業式後、忘れ物をして教室に向かった美智子はそこで青井に襲われた。なにか嫌なことがあったようで、青井はこちらを見るや否や、鬱憤《うっぷん》を晴らすように無理やり美智子を押し倒したのだった。

逃げようとしたが、無理だった。

力では到底かなわず、抵抗すれば殴られた。

途中から抵抗を諦め、ひたすら時間がすぎることを祈ったが、行為が終わったあと、青井は無残な美智子の身体を携帯電話で撮影したのだった。

(私……なんのためにいるんでしょう)

あれから二年……祖父母にはとても相談できない。話したところで親身になってくれるどころか、母親のように男を誘ったに違いないと口汚くののしられるだけだろう。ただでさえ、大きく育った胸を見られるたび、心ない嘲《あざけ》りの言葉を投げられているのだから。味方はいない。助けの手も差し伸べてもらえない。ならば、いっそ……。

「——……っ、……!!」

どこかで耳障りな音が響いていた。ただの雑音に思えたが、人の声にも聞こえる。

目を覚ました神林美智子は、自分が冷たい板の間に倒れていることに気づいた。

(私、なぜこのようなところに……)

寝転がったままで少し考え、気を失う前のことを思い出す。青井たちに連れられて武道館から一番近い南門まで向かう途中、B棟の陰《かげ》に潜んでいたキスウサに襲われたのだ。

スタンガンのようなものを押しつけられ、激しい衝撃で意識が遠のいたところまでは覚えている。てっきり気絶している間に殺されるのかと思ったが、どうやらまだ生きているらしい。

釈然としないものを覚えながら、のろのろと起きあがり……。

「ひっ……！」

顔をあげた瞬間、一メートルも離れていない場所で四人の男女が首を吊っているのが見え、美智子は悲鳴をあげた。

「やっと起きやがったな！　それ、どけろ！　早く！」

「え、え、どういう……」

「早く！　早く早く早く！　いいから早くしろ、急げ！」

首吊り死体がぎゃんぎゃんとわめきたててくる。頭がおかしくなってしまったのかと思ったが、どうやらそうではないようだった。

美智子は弓道場の射場《いば》に寝かされていた。

灯りは消えているが、板の間のあちこちにスイッチの入った懐中電灯が落ちているため、周囲の光景がぼんやりと見える。射場の脇正面にあった神棚は地面に落ちていて、そばに硬球が数個転がっていた。硬式野球部の練習中、飛んできたボールが神棚に当たったのだろう。

そんな弓道場の射場の梁《はり》に、青井と伊藤一男、安田友臣と卯月桜が吊るされていた。

全員、足は地面から一メートルほど浮いていて、後ろ手に縛られ、首に縄をかけられている。首の縄は天井の梁にくくられていたが、腰に結ばれた縄は梁の上を通り、矢を射るための板張りの本座と、控えの間を仕切る数本の柱にそれぞれ結びつけられていた。その命綱のおかげで、青井たちは首を吊らずにすんでいるようだ。

……いや、伊藤一男だけはもう死んでいる。命綱が力なく床に落ち、伊藤の身体はゆらゆらと揺れていた。

（キスウサの仕業……ですよね）

だが、そのキスウサは弓道場にいないようだ。青井たちを天井の梁から吊るし、これから美智子を吊るそうかという時になって急用でもできたのだろうか。

幸い、美智子はどこも縛られていない。逃げるなら今だ。

「聞いてんのか、神林！　その包丁を外せ！　早く！」

青井に怒鳴られ、美智子は思わず足を止めた。

それまで気づかなかったが、青井たちの命綱が結ばれた柱には、縄の上面に刃が触れるように調節された包丁が刺さっていた。青井たちが動いて縄が揺れるたび、包丁がその繊維をブツブツと切っていく。伊藤は暴れすぎたため、一番先に命綱を切り落とされてしまったようだ。

「早く外せっつってんだろ！　キモウサが帰ってくるだろうがああ！」

青井が癇癪を起こしたように怒鳴る。

「ねえ、お願い。助けて」

卯月桜が哀れを誘う声をあげる。

「死にたくない、死にたくない、死にたくない……」

安田友臣がしゃくりあげていた。

三人を見あげ、美智子は困惑した。自分でも不思議なくらい、本当にただ「困惑」だけをしていた。

「あの……ごめんなさい。なんで……その」

「アア!?　ぐずぐずすんな!　殴られてえのか!」

「ですから、あの……」

「乳子《ちちこ》、お願い、早く。包丁を外すことくらいできるでしょ?　ねえ……ひっ」

乳子、と桜に呼ばれた瞬間、美智子は無意識に体が動いていた。桜の命綱をぐっと押し下げ……放す。勢いよく跳ねかえった桜の縄が包丁の刃に当たり、ブツブツと勢いよく縄が切れた。

「きゃああ!?」

見た目以上に包丁はしっかり柱に刺さっているようで、縄が当たっても、柱から抜けることはない。

「……そのあだ名、嫌いなんです」

縄を押し、放す。

「今まで言わなくてすみません、卯月さん」

何度も押し、手を放す。

「ちょ……なんっ、や、やだ……やだやだやだ、なんでぇっ！　乳子、やめ……死んじゃう、やっ、あっあっ、ひっ、や、やああっ！」

喘《あえ》ぎ声のような悲鳴をあげ、桜が身悶《みもだ》える。

「声、はしたないですよ、卯月さん」

「まっ、待って、やだ……あっ、あっ、あああっ！」

「ですから……あら」

突然、押していた縄がブツンと切れ、美智子は目を丸くした。

「ぐえ」

命綱を失い、桜が宙に吊るされる。一瞬硬直し、だらりと弛緩《しかん》した桜の足もとに水たまりができていった。

「あらあら、もうちょっとお話ししたかったんですが……」

「ひあああっ！」

桜の左隣にいた安田が空気のもれるような絶叫をあげた。美智子が一歩近づくと、安田は逃げようとして、必死で身をよじる。その動きで、どんどん縄が包丁に当たって切れていき……、

「美智子さん……」

美智子はため息をついた。


「うげぇ」

汚らしい声をあげ、安田も首を吊ってしまった。力なく揺れる二人の死体を前に、美智子はため息をついた。

「私はなにもしていませんのに……これは自殺ですよね」

「な……おま、お前……かんっ、かんば……かん……」

桜の右隣に一人残った青井が小刻みに震えていた。彼の命縄もまた包丁の刃に当たっている。このまま首をくくられては大変、と美智子は急いで包丁を抜いた。ずいぶん深く刺さっていたため、かなり苦労したが、なんとか青井の縄は切れずにすんだ。

「なん……っ、お前、なんでヤス……さ、さくらまで……」

わけがわからないと言うように、青井は何度も首を振っていた。その反応が不思議で仕方なく、美智子は思わずまじまじと青井を見返してしまった。

「なんでこんなことをするのか、ですか？　もしかしてわからないんですか、青井くん」

「おまえ、なん……なんで……！」

「なぜと言われても……安田くんには犯されたことがありましたし、卯月さんにはあなたが横流しした写真で脅されて、売春をさせられていましたし」

恨みしかないのだ。これでなぜ、助けてもらえると思っているのだろう。

「あ……謝る」

青井が言った。だらだらと脂汗《あぶらあせ》を流しながら、青井は美智子を見おろした。

「え?」

「謝る。お、お前も喜んでると思ってたんだ。最近は抵抗もしなくなってたし……俺に惚れたのかと……わ、悪かった。この通りだ。許してくれ」

この通りもなにも、今、目の前で青井は間抜けにも風に揺られているわけだが。

だが、そんなことはどうでもいい。思わず美智子は微笑んだ。

「もういいんですよ。青井くんは私にひどいことばかりしましたけど、一つだけ褒めてくれましたよね。……身体、悪くないって。あれ、本当ですか」

「あ……ああ、まあな」

美智子の言葉をどう受け取ったのか、ぽかんとした表情だった青井が次第に笑顔になっていった。震えながら、彼は何度もうなずいた。

「お、お前の身体は最高だったからな。Gカップだって前、言ってただろ。ふへへ、男ならそこはな」

「そうでしたか。今はIカップなんですよ」

「マジかよ、どこまで成長すんだ。……あー、いいな。おい、首にかかってるほうの縄切って、俺を降ろせよ。やりたくなってきた。優しく抱いてやる」

「優しくとか、初めてですね」

「そうか？　嬉しいだろ」

「ふふ……いいえ——吐き気がするに決まってんだろ！」

美智子は怒りを爆発させるように、包丁を青井の股間に突きたてた。

「ぎゃあああああ!!」

青井が喉の奥から絞り出すような絶叫をあげた。顎《あご》をのけぞらせて痙攣《けいれん》する彼の声は無視し、美智子は力をこめて包丁を動かした。

「あ、が、ぎ……がっ、ぁあああっ！」

ズボン越しに抉《えぐ》りこむようにして刃をめり込ませていく。鉄さび臭い液体が滝のように床に落ち、青井ががくがくと身を震わせた。

「あがっ、ぎあっ、が……！」

だんだん青井の悲鳴が小さくなっていく。それが物足りず、美智子は包丁の角度を変えて何度も青井の体内をかき回した。

「ひ、ぎ……が……ぁ……」

やがて、青井から一切の音が消えた。

「ああ……残念」

悲鳴も呼吸も止めてしまった青井を見あげ、美智子は心底がっかりした。もっと苦しませ、悲鳴をあげさせたかったのに。

そしてそう考えた自分に気づき、美智子は震えるほどの歓喜を覚えた。

今までずっと無力だと思っていた自分の中にこんな本性があったとは。

もしかするとこれこそが、母親から受け継いだものなのだろうか。母が祖父母をしいたげていたのは本当で、自分のこの性格は母親譲りなのだろうか。

その考えは母を知らない美智子に、なによりも幸福感をもたらした。

ああ、受け継ぐものがあるというのは、なんて幸せなのだろう。生まれて初めて、母の愛を実感できている気がする。

「ふふ……あはは！」

空を抱くように両手を広げ、美智子は天を仰ぎ……、

——キスウサが、いた。


「え……」

天井の梁の暗がりに、身体を丸めて座っていたキグルミに気づき、美智子はぽかんとした。

次の瞬間、飛び下りてきたキスウサが美智子の頭を両手でつかみ、ぐるんと回す。

「あが……ッ」

なにが起きたのかわからない。

わからないまま、美智子は背中から射場に倒れた。真後ろにねじられた顔が板の間に激突し、鼻の骨が折れたが、その痛みを感じることはない。

『違、ウ……！』

憎らしそうにうめいたキスウサの声を聞きながら、美智子はまだ生きていた。もはや助かるのは不可能で、残り数秒の命ではあったが。

もしかして自分が縛られずに放置されていたのは偶然ではなかったのだろうか。青井たちに復讐しようとせず、まっすぐに逃げていたら自分は助かったのだろうか。

（なん、で……）

見逃してもらえそうだった。しかし結局ダメだった。

どちらも理由がわからない。

「ぁ、……だっ……」

あなたは誰なのですかと聞こうとしたが、もう声は出なかった。

美智子に興味をなくしたようにキスウサが近づいてくる。なぜかパーカーの前部分が切り裂かれたような感触がしたのを最期に、美智子の命は潰《つい》えた。

＊　＊　＊

日の暮れたＢ棟校舎は静まり返っていた。

スイッチを入れても廊下の灯りはつかず、非常灯だけがぼんやりと等間隔に闇を照らしている。化学室や物理室、生物室が入っているＢ棟は薬品の匂いが漂っていて、どこか不気味な雰囲気を醸《かも》し出していた。

窓の外には体育館が見える。さらに奥にある武道館の照明は体育館に遮《さえぎ》られ、沙良たちのもとには届かなかったが、幸いにも遠くの空に太い三日月が浮かんでいた。

弱々しい月明かりがぼんやりと廊下を照らしている。

「うう……三人ともごめんね。あたしのせいで」

トイレから出たありさが申し訳なさそうに頭をさげた。

「いいさ。こればかりはどうしようもないことだしね」

「私も行きたかったから、ちょうどよかったよ。まさか、あんなことになってるとは誰も思わないしさ」

将人と玲が明るく言った。恐縮していたありさが、その言葉に救われたようにホッと顔をほころばせる。

（確かにびっくりした……）

沙良は数分前、武道館を出た時のことを思い出した。

道場の時計が七時半に差し掛かる頃のこと。嵐山が武道館を出て、戻ってこないまま小一時間が経過していた。もしかしたら彼は校内のどこかでキスウサに殺されてしまったのではないだろうかと誰もが思っていたに違いない。

そんな中、トイレに行きたいというありさを一人で送り出すことはできず、沙良はもちろんついていこうとした。

蔵院高校の武道館内にはトイレがなく、体育館との中間あたりに水飲み場と併設した小さな建物が造られている。外に出るのは怖いが遠いわけではなく、十分注意をすれば、無事に用を済ませることができるだろう。沙良はそう考え、ありさと出ていこうとしたが、

『湿布持ってきて』

脇を通った時、瑠華奈に腕を引っぱられた。

『嵐山戻ってこないし、ほんと使えない。桃木《もも き》たち、外に行くんでしょ？　湿布』

『あの、私たち、武道館前のトイレに行くだけで……』

説明しようとした瞬間、瑠華奈が険のある眼差しで沙良をにらんだ。

『あっそ、じゃー桃木はカナナの敵なんだ』

『え……』

『怪我してる人を見捨てるんでしょ？　そんな奴、友達じゃないし、外に行く用事があるのに、ついでの頼みごとも聞いてくれないなら、知り合いですらなくて敵だし』

『敵なんて、そんな……』

瑠華奈がひねった足も、顔を斬られて泣いている京極かおりも心配だ。できることなら力になりたかったが、A棟の一階にある保健室は武道館からでは遠すぎる。

困り果てて口ごもった沙良を引き寄せ、瑠華奈が耳もとで低く恫喝《どうかつ》した。

『言うこと聞かないなら、マジであんたは敵だから。ここでもそうだし、無事に帰ったあともそう。カナナの言いなりになる男なんて山ほどいるんだからね？　それが嫌なら、湿布と痛み止め。あと化粧道具と食料も持ってきて。保健室行くなら、職員室とか売店にも寄れるでしょ？』

『湿布だけじゃないの？』

保健室に行くのですら無理なのに、その他にも行かないといけないなんて絶望的だ。

言葉を失う沙良を、瑠華奈が突き飛ばすようにして離す。よろよろとありさのもとに向かいながら、沙良はしばらく瑠華奈の言葉が耳から離れなかった。

その後、将人と玲が同行を申し出てくれたため、沙良たちは竹刀を持って外に出た。

そして四人そろって武道館脇の外接トイレに行ったが、どういうわけか男女ともに「工事中」の注意書きが貼られ、中は大改装の真っ最中なのだった。個室の戸が外されているばかりか、便座も取り外されているのだから、どうやっても使えない。

仕方なく沙良たち四人は校舎に向かった。体育館から渡り廊下でつながっているB棟に入り、すぐの場所にトイレがある。凹の字型校舎の一番端ではあるが、校舎内には変わりがない。

（無事に着けてよかった……）

沙良は廊下で吐息をついた。武道館で瑠華奈の要望を聞いた時は、校舎まで行くことになるのかと恐ろしかったが、キスウサに見つかることなくたどり着けてホッとする。

売店は中央棟の中間あたりに、保健室はA棟の端にある。化粧道具はB棟二階の職員室で女教師の誰かの机から借りなければならないため、諦めるしかなさそうだが、湿布と食べ物くらいならなんとかなるかもしれない。

（りさちゃんたちは巻きこめないから、自分でなんとかするしかないけど）

必死に走れば、キスウサに見つからずにすむのではないだろうか。

そう思い、沙良がコートの胸もとを握りしめた時だった。

「保健室と売店に行きたいな」

沙良の思考を読んだわけではないだろうが、おもむろに将人がぽつりと言った。

「蔓原くん、今、なんて……」

「俺たちはあのキグルミから逃げるのが精いっぱいで、必要なものをなにも持っていないだろう？　武道館には怪我人もいるし、食料もあって困るものじゃない。せっかくここまで来たなら、両方行っておきたいんだけど、どうかな？」

「私はもう一度、外に出られる場所がないか探したいよ。どっかに抜け道があるかもしれないし、もっとましな武器があるかもしれない」

玲が手にした竹刀を一振りする。

二人とも、必要以上にキスウサに脅えている様子はない。

「えっと、あたしは早く帰りたいんだけど……」

ありさは反対に、不安そうに言った。

「こっち、女三人と蔓原だけじゃん。蔓原、喧嘩《けんか》とか超弱そうだし、ヤクザ原が襲ってきたら一瞬で殺されちゃうよ」

「いや、非力なのは認めるが、こういう時に一番重要なのは冷静さであって……」

「あ、あの、そのことなんだけど……！」

思わず二人の会話を遮ってしまい、沙良は慌てながらも将人たちを見つめた。

保健室と売店に行くのは沙良も賛成だ。むしろ皆と目的が一致しているのなら心強い。だがそれと同時に今、確かめておかなければならないことを思い出した。

「割りこんじゃってごめんね。あの、やっぱり私、キスウサの中に入ってるのは箭竹原くんじゃない気がして……」

「沙良、あんたまだそんなこと言ってるの？　信じたくない気持ちはわかるけどさ」

「りさちゃん……た、確かに箭竹原くんは高校時代もいつも一人だったし、学校もよく休んでたけど……校内で暴れたことはなかったよね？」

ありさたちの視線を感じつつ、沙良は必死で言葉を続けた。

「私、一、二年で同じクラスだったけど、先生に頼まれてプリント回収する時とかは普通にしゃべってくれたよ。あんまり怖い人とは思えないっていうか、箭竹原くんがキグルミを被って私たちを襲うっていうのがよくわからなくて」

「沙良、よく見てるね。もしかして箭竹原のこと好きとか？」

悪気もなく玲が尋ねる。慌てて首を振った時、複雑そうな顔でこちらを見ている将人に気づいた。

目を瞬《またた》いた時にはもう、将人は普段の表情に戻っている。売店を目指し、三人を促《うなが》して中央棟のほうに向かいながら、将人は冷静にうなずいた。

「そうだね。キグルミは箭竹原じゃない」

「えっ!?」

沙良だけではなく、ありさと玲も驚いていた。

武道館でキスウサの中身が享司だという話になった時は、将人も異を唱えなかったはずだ。あれは、享司が犯人だと思っていたからではなかったのだろうか。

「あのキグルミは全長二メートルほどだったけど、箭竹原は確か百八十後半だったはずだ。中に入るのは無理だろうし、そもそもあいつが俺たちを襲う理由がないからね」

「人身売買とか、漫画で時々見る、殺し合いのビデオを撮って闇ルートで売るとかは？」

ありさが横から口をはさむ。

「キモウサのキグルミに入ってるのはヤクザ原の手下で、あいつは裏から操ってるのかもしれないよ。蔓原、あいつが教室を出ていくところ見たんだよね？」

「それはそうなんだけど……とりあえず江藤さんの案は非現実的すぎるな。人身売買が目的なら、俺たち全員を拉致して蔵高《くらこう》に集める理由がないし、スナッフ映画を撮るには手が込みすぎている」

「どういうこと？」

ありさの問いに、将人はおもむろに壁を指さした。

B棟と中央棟が交わる角には掲示板が設置されている。辺りが暗くて見づらいが、

（一月のお知らせが貼ってあるだけだけど……そういえば私も）

校内放送を聞き、一年A組に向かっていた時のことを思い出す。二階の階段脇にあった掲示板を見た時、沙良はなにか違和感を覚えたのだった。あの時は理由がわからなかったが……。

「あ……日付、四年前⁉」

ありさたちとともにまじまじとお知らせを見た時、沙良は違和感の原因に気づいた。一月、という季節は沙良たちが蔵院高校に連れてこられる前と同じだが、記載されている西

暦は四年前のものだ。

「そう。校舎中の掲示物を確認したわけじゃないけど、俺が見た限りは全部四年前の日付なんだ。そして武道館脇のトイレも……。柚木さんなら覚えてるんじゃないかな。俺たちの在学中、水道管の不調で外接トイレが一時、使えなくなった時期があっただろう」

「私たちが高一の一月、だったね。あの頃は確か試験期間中で……そうだ、生徒は放課後の部活が禁止されて、四時に下校のチャイムが鳴ったんだ。部活の練習は昼休みにしかできないのに、トイレに行きたい時はB棟まで来なきゃいけなかったから不便だったのを覚えてる。……って、ねえ蔓原、あんた、なにを言おうとしてる？」

　嫌な予感を覚えたように慎重に尋ねた玲に、将人は肩をすくめた。

「俺たちは今、四年前の校舎にいるようだ、と」

「はあ？」

「掲示物やトイレの故障は手間暇《てまひま》をかければできるだろうけど、俺たち全員を拉致し、一年A組で一斉に起こすのは難しいと思う。睡眠薬なんかを使われた場合、起きた時に頭痛や吐き気があるというけど、そういう症状もなかったしね」

「だからって、四年前にタイムスリップなんて……！　それよりはまだ箭竹原が犯人って言われたほうが納得できるんだけど」

「俺が起きた時、箭竹原が教室を出ていくところを見たのは確かだ。彼が関与している可能性も否定できなかったから、武道館ではなにも言えなくてね。それに……」

「……蔓原くん？」

言いよどんだ将人が気になり、沙良は尋ねた。

将人は言いにくそうにしていたが、やがて苦くため息をつく。

「箭竹原が犯人じゃないかって流れになった時、生身の人間が相手ならなんとかなるってみんな、安心しただろう。あの空気を壊したくなかった。集団パニックにさせないことが重要だと思ったんだ。……でも」

その結果、事態を軽く見た嵐山は武道館を出てしまった。

嵐山を止められなかったこと、享司に犯人役を押しつけたことを将人は悔《くや》んでいるのだろう。沈着冷静に見えた彼も内心では現状に恐怖し、混乱しているのかもしれない。

「武道館脇のトイレが工事中だったのって、実際にあったことなんだね」

将人を責めることはとてもできず、沙良は強引に話を戻した。皆のパニックを鎮めてくれた礼も、彼の行いに対する文句も、どちらも言えない自分が情けなかった。

それでも将人はわずかに表情を和らげた。

「そういえば、桃木さんはあの時、まだ編入してなかったね。……確か工事期間は一月中旬の、一週間ほどだったと思う」

「そっか……。もしここが四年前だとしたら、それって、キスウサに連れてこられたってことだよね。四年前の一月に、なにか理由があるのかな」

　考えてみたが、沙良にはなにも思いつかなかった。

「りさちゃんはなにか……どうしたの、大丈夫!?」

　意見を求めようとして振り返り、沙良は息をのんだ。

　掲示板の前で、ありさは茫然と立ち尽くしていた。暗い廊下でもはっきりとわかるほど青ざめ、震えている。

「ま、まさか、そんな……嘘」

「りさちゃん?」

　今にも崩れ落ちそうなありさを、沙良は慌てて支えた。将人たちも駆け寄ってくれたが、なぜか苦い顔をしている。まるでありさがこんなふうになった原因を知っているかのようだ。

「みんな、どうし……」

「ぎゃあああ!」

　その時突然、沙良の言葉を遮り、背後の窓ガラスがけたたましい音を立てて割れた。

　なにか大きなものがB棟の廊下に転がる音がする。これまで歩いてきた廊下を沙良が振り返ると、巨大な影がのた打ち回っていた。

「……あ、嵐山くん!?」

　一時間ほど前、享司をぶっ殺すと息巻いて、武道館を出ていった嵐山がいた。窓の外から投げ込まれたのか、肩や腕に無数の破片が刺さっている。

「たす……助け……！」

立ち尽くす沙良たちに気づき、嵐山が這《は》いずってきた。右脚が動かないのか、腕を使ってにじり寄ってくる姿はどこか、生まれたばかりの怪物を思わせた。

同時に、その時になって沙良はやっと、体育館のほうから近づいてくるキスウサに気づいた。月夜に、返り血でまだらになった白いキグルミの姿が浮き上がる。

『クケケ、ケケケケ』

キスウサは校務員が樹木の剪定《せんてい》に使う、巨大な枝切りバサミを手に、怪鳥《けちょう》のような声で笑った。

そして、嵐山を投げつけて割った窓から、B棟の廊下に入ってこようとする。

窓は床から一メートルほどの位置にあるため、脚の短いキグルミでは窓枠を乗り越えることすら難しいようだ。ガラス片の残った窓枠にはひるまないものの、何度も足を振りあげてはよろめいている。

そのコミカルな仕草だけなら、沙良はとても可愛いと思っただろう。キスウサが血まみれでなければ。そして武器を持っていなければ。

「桃木さん、逃げよう」

将人が沙良の腕を引いた。玲は素早くありさを背中にかばっていて、いつでも走れる体勢だ。

「竹刀で枝切りバサミに対抗するのは無理だ。そもそも俺たちでかなう相手じゃない」

「う、うん。早く嵐山くんを……」

沙良たちの位置から、嵐山までは二メートルほどで、キスウサはその奥にいる。キスウサが廊下に入ってくる前に、嵐山を連れて昇降口から逃げなければ。

しかし、将人は苦しそうに顔をゆがめて首を振った。

「嵐山は怪我してる。あの巨体を連れて逃げるのは……」

「ああにしてんだよオッ！　助けろよおおお！　早くしねえとぶっ殺すぞ！」

見捨てられそうだと悟った嵐山が大声でわめく。

キスウサは足をあげて窓を乗り越えることを諦めたのか、鉄棒で前回りをするように頭からグルンと半回転して廊下に入ってきた。着地に失敗して尻もちをつく仕草だけは、やはりコミカルで可愛らしい。

「助けろってば助けてください早く助け……っ、やめ、やめろ来るなあああ！」

沙良たちに怒鳴っていた嵐山に、キスウサが迫る。しゃきしゃきと子供が遊ぶように枝切りバサミを両手で鳴らすキスウサを見て、嵐山が悲痛な声をあげた。

（助け、ないと……でも）

足がすくんで動けない。将人の言うとおり、嵐山を抱えて逃げることもできそうにない。

それがわかり、絶望する。

（誰か……）

いもしない「誰か」に、沙良は無意識に助けを求めた。

「誰か、助け……、え？」

その時、ふっと背後から風が強く吹いた気がした。

漆黒の影が沙良を追い抜かし、まっすぐキスウサに向かっていく。両者が接触した瞬間、ドッと重い音が響き、キスウサが一メートルほど後ろに吹き飛んだ。

「……っ！」

キスウサの枝切りバサミが勢いよく回転しながら、後方に滑っていく。そちらは追わず、現れた黒い影は脇にいた嵐山の襟首を摑みあげた。

「箭竹原くん……！」

嵐山に肩を貸して立ちあがった男を見て、沙良は大きく息をのんだ。

ブラックスーツに身を包んだ、長身で体格のいい男だ。金色に染めた髪をざっくりと後ろにかきあげ、この異常事態にも落ち着き払っている。

二十代半ばのように大人びて見えるが、間違いない。箭竹原享司だ。高校時代よりも精悍《せいかん》さが増し、全体的に凄味《すごみ》を帯びている。

「行け」

沙良の記憶の中よりも低く、静かな声で享司が言った。

「箭竹原くん、今までどこにいたの？　大丈夫？」

思わず沙良が尋ねると、享司はわずかに目を見張り、口もとを和らげた。嵐山を将人に預けると、自分が盾になるようにキスウサに向きなおる。

「行け」

質問には答えず、享司は再び繰り返す。

「行こう、桃木さん」

巨漢の嵐山に肩を貸し、重そうによろめきながらも将人が沙良の手を引いた。

「でも」

「箭竹原、この階に安全な場所はあるか？」

将人は素早く、要点のみを尋ねた。鈍重に起きあがるキスウサから目を離さず、享司も素早く首を振る。

「ねえな。立てこもる気なら、鍵のかかる場所に入ってろ」

「籠城《ろうじょう》するには現状、無策すぎるからな……わかった。武道館に向かう」

「武道館？」

「唯一、灯りがついていた。そのキグルミもなぜか入ってこないみたいだ」

「じゃあそっちに行ってろ」

「お前も来るんだろうな？　鍵開けて待ってるからな！」

「蔓原！　沙良、早く！」

すでに半分逃げかけていたありさと玲が沙良たちを呼んだ。

将人は黙って沙良にうなずく。享司一人を残していくのは気がかりだったが、ここに自分がいるほうが邪魔になりそうだ。

沙良は将人の反対側から嵐山に肩を貸し、中央棟の昇降口に向かって駆けた。

最後に一度振り返ると、キスウサが立ちあがったところだった。どこかに隠し持っていた肉切り包丁を手に、享司に襲いかかる。

重いキグルミを着ているとは思えない動きで享司に迫り、キスウサが包丁を振り下ろす。ブン、とスズメバチの羽音のような、重い音が廊下に響いた。

享司はそれを、軽く一歩さがってよける。そして今度は大きく一歩踏み出し、キスウサの胸もとを正面から思い切り蹴りつけた。

重い音を響かせ、キスウサが再び吹き飛んだ。頭から地面に倒れ、ゴロゴロと二メートルほど転がっていく。

「すごい……」

「箭《せ》竹原、早く！」

急かす将人に、享司はやれやれと言いたげに肩をすくめて駆け寄ってきた。将人から嵐山を受け取って軽々と背負うと、沙良たちに顎をしゃくる。先を走れ、ということだろうか。

「沙良、い、行こ！」

ありさと玲が沙良の手をそれぞれ掴む。沙良もその手を握り返し、夢中で昇降口を飛び出した。

「キ、キスウサは」

「追ってはきているけど……なんか変だな」

背後を振り返り、将人が不審そうに眉をひそめた。

沙良たちを追って昇降口を出てきたキスウサはゆっくりとした足取りで歩いてくるだけだ。享司に蹴り飛ばされたダメージが残っているというよりは、のんびりと狩りを楽しんでいるように見える。

「いいから、今は逃げて！」

玲が声を張り上げ、皆を急かす。

沙良たちは正門脇を通って走った。

体育館を通りすぎ、武道館が近づいてきた。もうキスウサに居場所がばれてしまったため開き直ったのか、遮光カーテンは開け放たれ、建物の一階からは明るい光がこぼれている。

建物に飛びこむと、出入口の引き戸越しに聡子と目があった。沙良たちの帰りが遅いため、心配して待っていてくれたのだろうか。

急いで出入口を開けた聡子に礼を言い、沙良たちは武道館に逃げこんだ。

武道館内は明るく、暖かかった。

中で待っていた聡子《さとこ》たちが沙良《さら》たちのもとに集まってくる。

「え、ヤク……箭竹原《やたけばら》……?」

だが、しんがりを務めた享司《きょうじ》が入ってきた途端、動揺が広がった。脅《おび》えたように後ずさる者、見ないように目をそらす者と様々だ。

気分を害した様子もなく、享司は嵐山《あらしやま》を肩からおろした。

「ひどい傷……」

明るい武道館で嵐山を見た沙良は、思わずうめいた。

先ほどは全身に刺さったガラス片にばかり目を奪われていたが、深刻なのはむしろ右脚の傷だ。レザーパンツの太もも部分が大きく切り裂かれ、真っ赤な肉がのぞいている。

「あ、嵐山くん、大丈夫……？」

「大丈夫なわけねえだろ、バカかテメエ！」

「きゃあ！」

うろたえながら近づいた沙良は、思い切り突き飛ばされて尻もちをついた。慌てて駆け寄ったありさが色めき立つ。

「ちょっと、沙良になにすんのよ！」

「うるせえ！　うう、いてえ……ちくしょう……ちくしょおお！」

嵐山が吠える。

皆、血にひるんだのか、殺気立つ嵐山に脅えているのか、遠巻きに見守るばかりだ。

(間宮《まみや》さんは……)

嵐山にキスウサ退治を任せた瑠華奈《るかな》は騒動自体を無視し、壁に寄りかかったまま聡子を呼びつけ、なにかを話していた。彼女が声をかければ、嵐山も落ち着きを取り戻すかもしれないが、まるで彼のことが見えていないようだ。

「あのキグルミ、やっぱりここを襲う気はなさそうだな」

キスウサが渡り廊下を引き返して行ったと、出入口から監視していた将人《まさと》が告げる。

ホッとした空気が武道館に広がったが、嵐山の容体は依然、予断を許さない。床に横たえて休ませたが、脚からどんどん血が流れていく。

「いってえ……っ、いてえ、いてえよお！」

「とにかく血を止めなきゃ。でも……」

沙良は医療知識を持っていない。そもそも絆創膏《ばんそうこう》を貼る以上の手当てをした経験もなかった。

誰か嵐山を助けられる人はいないかと顔をあげたが、誰も動かない。手当ての方法を知らないというよりは、迷惑そうな雰囲気が漂っている。なんで連れ帰ってきたんだよ、というささやき声もどこからか聞こえた。

（そんな……）

「落ち着け。こんだけわめいてりゃ死なねえよ」

その時、享司が言った。

たった一言だというのに、泣きわめいていた嵐山も含め、場内が静まり返る。

享司は軽く鼻を鳴らし、嵐山の脇に片膝をついた。

「桃木《ももき》、こいつの左腕を押さえてろ」

「ど、どうするの？」

「柚木《ゆずき》は右腕。蔓原《つるはら》は左脚だ。江藤《えとう》はその着物、こいつの口につっこんどけ」

「これ、めちゃくちゃ高いんだけど……って、ねえ、箭竹原、まさか今から……」

用具倉庫に置いた振袖を回収していたありさが、嫌な予感を覚えたように口ごもった。

「ああ、縫う」

「縫うって……どうやって!?」

「当然、針で」

それまでは逃げるのに必死で気づかなかったが、享司は小さめのショルダーバッグを持っていた。中から包帯やガーゼ、錠剤とともに、やけに可愛らしい裁縫道具を取り出し、彼は手慣れた手つきで準備を進めていく。包帯などは保健室で、裁縫道具も被服室か職員室で手に入れたのだろう。

麻酔もなく縫うと言われ、さすがの玲《れい》もひるんだ様子で嵐山と享司を見比べた。

「さすがにそれは無茶じゃない？　箭竹原って医師免許持ってんの？」

「そ、そうだ。むむ無理だ」

嵐山はキスウサに襲われていた時以上に死にそうな顔で、必死に首を振っている。

当の享司だけが平然と、針に消毒スプレーを振りかけた。

「縫ったことはある。問題ねえ」

「いやいや、あるって。問題大ありでしょ。そんなの普通、耐えられないし」

「早くしろ。これだけでかい傷だ。傷口を縫わねえと血も止まらねえ。こいつ、死ぬぞ」

「……やろう。女子には荷が重いだろうから、平口《ひらぐち》と柳場《やなぎば》、手を貸してくれ」

青ざめてはいたが、しっかりした足取りで将人が進み出る。

指名された細身の青年、平口俊太郎《しゅんたろう》と眼鏡をかけた柳場敏一《としいち》がうめき声をあげながらも近づいてきた。高校時代、沙良は特別親しかったわけではないが、平口は文学好きで、ゲームに詳しい柳場と、教室で趣味の話でよく盛り上がっていたように記憶している。

二年経つが、彼らは外見上、さほど変わっていないようだった。平口も柳場同様の部屋着姿で、無力な子供のように震えている。

二人は脅えながらも将人とともに嵐山の手足を一本ずつ、床に押しつけるように固定した。黙って見ていることもできず、沙良も嵐山の右腕を摑んだ。

「み、右腕は私が押さえるよ」

「うう、じゃ、じゃあ、あたしもせめてこのタオル……。匂いとか嗅がないでよ、嵐山。絶対だからね……！」

ありさが着付けの補正時に使っていたらしい白いタオルを差し出した。舌を嚙《か》まないよう、口にタオルを咥《くわ》えさせられ、嵐山が悲痛なうめき声をあげる。

思わずひるみかけた沙良の手を、上から玲が押さえた。

「私も手伝う。箭竹原、いつでもいいよ！」

「じゃあ、やるぞ」

享司は嵐山のズボンを引き裂いて傷口を露出させると、取れたボタンを縫いつけるような気軽さで、嵐山の皮膚を縫いはじめた。

「——っ!!」

嵐山が声にならない声をあげ、大きく背中を弓なりに反らした。想像を絶する痛みなのだろう。くわっと目を見開いた嵐山の額から、大量の脂汗《あぶらあせ》が噴き出す。

「頑張れ！　気をしっかり持つんだ。もうすぐ終わるからな！」

がくがくと跳ねる嵐山の身体《からだ》を押さえつけ、将人が叫んだ。凡庸《ぼんよう》な台詞《せりふ》だが、この場ではなによりも力強い。

沙良も夢中で彼を励ます。そして二十分ほど経過しただろうか。

「終わったぞ」

縫いはじめる前と変わらない、落ち着いた声で享司が言った。

激痛から解放されて安堵したのか、嵐山はすぐに気を失う。彼の四肢を押さえていた沙良たちも一気に脱力し、その場に座りこんだ。

「大丈夫、なのか、嵐山は」

額に浮かんだ汗をぬぐいながら、将人が尋ねた。嵐山の顔や肩に刺さっていた細かいガラス片を無造作に抜きながら、享司は肩をすくめた。

「知らねえ。俺は縫っただけだ」

「そんな無責任な……そのバッグは？　全部ここで調達したのか」

「保健室と職員室に寄ったからな」

手についた血をタオルでぬぐいながら、享司はこともなげに答える。そして将人の質問の意図を考えたのか、わずかに唇の端をつりあげた。

「窃盗はよくないなんて言うなよ、蔓原。ルール守ってる場合じゃねえぞ」

「この状況下でそんなことは言わないさ。それより箭竹原、今までどこにいたんだ？」

「その辺だ」

「その辺ってなんだ」

沙良たち全員の考えを代弁したように、将人が問う。

集まった視線を居心地悪く思ったのか、享司は首もとをなでながら、

「校内をうろついてた。あんなふうに一カ所で固まってたら、殺されるのを待ってるようなもんだろうが」

「箭竹原はあの状態を見て、殺されると考えたのか？　そこまでわかっていたのなら、なんで起こしてくれなかった」

「あの状況でお前らのツラなんて見てねえよ。叔父の就任式後、気づいたらあそこにいてな。帰る途中でどっかの組に襲撃されて拉致られたのかと思っただけだ」

「……っ」

聞き慣れない単語に首をひねった沙良とは違い、武道館の空気が張りつめた。

享司だけはしれっとしていて、服装がバラバラの元クラスメイトたちを懐かしくもなさそうな目で観察している。

「で、これはなに基準の集まりだ？」

「高校一年の時だ。みんな、A組にいた」

皆がうなずく中、沙良は改めて居心地の悪さを覚えた。

（私は西門の脇だった、けど）

前から気になっていたが、やはり最初に一年A組にいなかったのは沙良だけのようだ。

（偶然ならいいんだけど、なんか……）

自分だけ、他の人と違っているというのが不安だった。なんだか仲間外れにされた気持ちだ。それに、このことを皆に知られてしまうのも怖かった。一年A組にいなかったことで、キスウサの仲間だと疑われたりはしないだろうか。

根拠もなく悪い想像が脳裏《のうり》をよぎり、沙良はできるだけ目立たないように隅のほうで小さくなった。幸い沙良に注目している者はおらず、沙良が西門脇で目覚めたことを知っている将人と瑠華奈もなにも言わない。

「……っ」

その時、一瞬、将人が沙良を見た。

思わず心臓が跳ねたが、将人の眼差しは沙良を責めているものではなかった。むしろ、痛ましそうな憐《あわれ》みに似た視線を沙良に向け、なにかを言おうとしたが思いつかなかったように口をつぐむ。

(蔓原くん?)

すぐに将人は視線をそらし、別行動をしている間の出来事を享司に尋ねはじめた。享司は情報交換が必要だと判断したのか、うるせえとはねのけることもなく、淡々とそれに応じる。

「俺は必要物資を調達するため、校内うろついてた。何度かあのキグルミも見たぞ。調理室と化学室の棚を開けて、なにかを持ち出してた」

「調理室と化学室?」

「ああ。どっちもすぐ出てきたけどな。暗かったし距離があったから、なにを持ち出したのかはわからねえ」

「……つまり、あのキグルミは目当てのものが入っている場所を知っていて、それだけを回収したということか」

そんな感じだったな、とうなずく享司と将人を見て、沙良は首をかしげた。

享司の話を聞き、将人はどんどん表情がこわばっていくが、いったいどうしたというのだろう。武道館内を見回してみたが、誰もが不思議そうにしているばかりだ。

(……あれ?)

皆を見た時、沙良はふと違和感を覚えた。いったいなんなのだろうと首をひねったが、なにが気になったのかはわからない。

その時、享司がぐるりと場内を見回した。

「で、生き残った奴はこれで全部か」

「……そうだ。九人が殺された」

「九人？」

享司の声に妙な響きが混ざる。疲れたように、将人が首を振った。

「それと、青井《あおい》を筆頭にした五人がここを出ていった。無事に逃げていたらいいんだが」

「おい。それじゃあここには十四人いなきゃいけないんじゃねえのか」

「いや、渡辺《わたなべ》ミカは交通事故ですでに……え？」

そこまで言いかけた将人が不意に絶句した。沙良もようやく先ほど自分が感じた違和感の正体に気づく。

（人、少ない……）

用具倉庫にいるわけでもないようだ。

顔を怪我《けが》して泣いていた京極《きょうごく》かおりがいない。武道館の隅で一言も話せないほど脅え、震えていた橋本優奈《はしもとゆうな》も。

今、場内にいるのは沙良とありさ、玲と将人、享司の五人。それに加え、玲の友人で元女子バレー部の水島《みずしま》聡子と瑠華奈、文学好きの平口とゲーム好きな柳場、縫合直後に気を失った嵐山、髪を紫色に染めつつも地味な雰囲気の木戸《きど》の合計十一人だけだ。

「ちょっと聡子、かおりたちはどこ行ったの？」

「出てったよ？」

いぶかしむ玲を嘲笑《あざわら》うように、聡子の代わりに瑠華奈が答えた。それまで全く話に参加しなかったのに、口を開いた瞬間、周囲の視線を引きつける。これが人気アイドルのオーラなのだろうか。

「さっき、二人で出てったの。途中ですれ違わなかった？」

「は？　キスウサがうろついてるのに、あの二人だけで？　なんで」

「トイレだって。カナナたちも止めたんだよ？　でもトイレ行くなとか言えなくない？」

瑠華奈は女王のように悠然と微笑《ほほえ》み、腕を組んだ。

（確かに、どんな時だってトイレには行きたくなる、けど……）

享司のようにキスウサを撃退できる自信があるか、沙良たちのように大人数で行動できるならともかく、非力な女性二人だけで武道館を出るものだろうか。そもそも、トイレに行きたいのなら、沙良たちに同行すればよかったはずだ。

玲も同じことを考えたようで、聡子を見る目が一瞬険しくなる。

「聡子、かおりたちがトイレに行ったってホント？」

「う、うん、そう……」

聡子は目をそらし、ぎこちなくうなずいた。なんでもない様子を装《よそお》うとしているが、口もとが神経質にひくついている。なにかがあったのは明らかだ。

「だとしても、二人だけで行かせるなんて……」

「う、うるさいな……！　あたしに死ねって言うの!?」

「そうは言ってないよ。でも」

「言ってるじゃん！　自分がありさたちについていったんだから、あたしにも同じことしろって！　したかったけどできなかったの！」

聡子は玲をきっとにらんだ。

「ごめんね、へたれで！　悪い？　あたしは玲とは違うんだからさ！」

「……ごめん。そういう意味で言ったんじゃないよ」

複雑な表情をしながらも、玲は引き下がった。まだ疑問は残っていたが、これ以上の話は聞けそうにないと沙良も思う。

聡子は苛立《いらだ》たしげに舌を打ち、玲から離れた。武道館内に残った平口や木戸も皆、気まずそうにうつむくばかりだ。

（そうだよね。他人についてこれる人のほうが稀《まれ》なんだ……）

沙良はありさと友人だから同行したが、将人や玲は今回の事件が起きるまで、特別親しいわけではなかった。沙良は会いたいと思っていたが、それでも高校卒業後の二年間、一度も連絡しなかった人たちだ。

（なのに二人とも、心配だからってついてきてくれたんだ）

ありがたいと思うと同時に、聡子たちを薄情だと責めることはできなかった。自分もまた、今から武道館を飛び出して、かおりたちを捜しに行くことができない。

「まあ、ここで問答しても仕方ねえだろ」

気まずい沈黙を破ったのは享司だった。

「無事なら帰ってくるし、殺されりゃ帰ってこねえ。それだけのことだ」

「箭竹原、あんたねえ……！」

「捜しに行くのは自由だが、次も無事だとは限らねえぞ。あのキグルミが何者で、どんな力があるのかもまだ、わかってねえしな」

気色ばむ玲を無視し、享司はおもむろに瑠華奈のほうに歩いていくと、ショルダーバッグからなにかを取り出して投げ渡した。そして一人、皆から少し離れた床にごろりと寝そべる。

「おい、箭竹原。なにを……」

将人が困惑して声をかけたが、享司はそのまま目を閉じた。

「昨日、寝てねえんだ。休める時に休ませろ」

「寝る気なのか？　こんな非常時に？」

「起きていたい奴は勝手にしろ。見張りがいるなら、それにこしたことはねえしな」

「ちょ……おい待て、箭竹原……！」

「うるせえ」

うなるように言い捨て、享司はそれきり口を閉ざした。自分に集まる視線をものともせず、やがて規則正しい寝息が聞こえてくる。

そっと確認した将人が呆《あき》れたように脱力した。

「信じられない……本当に寝ている」

「すごいね」

沙良は感嘆のため息をついた。

毒気を抜かれたように皆、享司を遠巻きに見ていた。居心地の悪い空気は依然として漂っていたが、先ほどのようにピリピリとした緊張感はない。

むしろ皆、ここにきて疲労感を思い出したようだった。

武道館の時計を見ると、八時五十五分になっていた。沙良たちが蔵院《くらいん》高校に連れてこられてから、もう少しで五時間が経とうとしている。

こんなに長い間、命がけの鬼ごっこをしていたのだから、疲れるのも当然だ。

「ねえ」

瑠華奈が平口と柳場を呼び寄せ、なにか指示を出した。

彼らは硬い表情でうなずき、パーティションの向こうにある柔道場から、柔道畳《だたみ》を数枚抱えて戻ってきた。沙良たちもそれに続く。畳の上は直接床に座るよりも格段に温かい。暖房も入っているし、これなら風邪を引くこともなさそうだ。

生き残った男女は道場の出入口と玄関、柔道場の用具倉庫に作られた非常口から距離を取り、剣道場で固まった。享司に倣《なら》うように一人、また一人と横になる。

玲も、自分から距離を置こうとする聡子に困惑しつつ、畳一枚分離した場所に腰を下ろしていた。沙良と目が合うと、心配するなというように笑い返す。

「りさちゃん、私たちもちょっと休もう?」

ぼんやりと武道館の玄関を見ていたありさに気づき、沙良はそっと声をかけた。

武道館に帰ってきてから、ありさはどこか様子がおかしい。嵐山の傷を縫う時など、騒動があった時はきちんと対応するが、ふと会話が途切れた時には、物思いに沈んでしまう。

(ううん、帰ってきたあとじゃなくて、多分B棟にいた時から……)

四年前の蔵院高校にいるようだ、という将人の話を聞いてから、ありさは様子が変だ。気になったが、無理やり聞きだすのも気が引けて、沙良はありさの手を引き、畳に座った。肩に振袖を羽織らせ、横になるように勧めると、ありさはこくりとうなずく。隣にいる沙良のぬくもりにホッとしたように、彼女は寝そべって目を閉じた。

「沙良……ごめんね」

「え？」

思わず問い返したが、ありさは首を振り、振袖を顔の半分まで引き上げた。

「なんでもない。沙良がいるんだから、アレが原因なわけないもんね……大丈夫」

ありさはしばらく自分に言い聞かせるように、なにかを言っていたが、やがて吸い込まれるように眠りについてしまった。

顔色が悪い。眉間にはしわが刻まれていて、痛々しいほどやつれて見えた。

（無理ないよ……こんな状況だもの）

キスウサは何者なのか。なぜ沙良たちを殺そうとしているのか。

ここが四年前の蔵院高校というのは本当なのか。なぜ沙良だけが西門脇に倒れていたのか。キスウサはなぜ武道館に入ってこないのか。青井たちやかおりたちは無事なのか。

時間が経つごとに、謎が積み重なっていくようだ。かおりたちを捜しに行きたくても、もう立ちあがるどころか、指一本動かせそうにない。

「桃木さんも少し休むといい。なにか異常があったら、すぐに知らせるから」

うつらうつらとしつつも眠れなかった沙良のもとに、出入口から外を見ていた将人が歩いてくる。こんな時だというのに、彼の声は温かく、優しかった。

「でも蔓原くんだって疲れてるのに」

「大丈夫。もう少ししたら木戸あたりを叩き起こして、見張りを交代させるよ」

将人の微笑みを見ると、自分で思っていた以上に安心できた。同時に、抗《あらが》いがたい睡魔が襲ってくる。

(そういえば間宮《まみや》さんに頼まれた湿布とか、持ってこれなかった……)

やっとそのことを思い出し、恐る恐る瑠華奈の様子を窺《うかが》ってみる。彼女は沙良には気づいておらず、仏頂面《ぶっちょうづら》で四角い布のようなものを自分の足首に貼り、包帯を巻いていた。湿布のようだ。なぜ瑠華奈が、と考えたところで沙良は享司が先ほど、彼女になにかを渡していたことを思い出す。享司は嵐山の傷を縫合しただけではなく、瑠華奈の捻挫《ねんざ》にも気づいていたのだろうか。

(すごい)

暴力団の組長の息子だと恐れられていたが、享司は少しも怖くない。むしろ将人や玲と同じくらい頼もしかった。

有名な呉服屋の一人娘で情報通なありさも、芸能界で活躍している瑠華奈も、有名国立大学に現役合格した秀才の将人も、バレー部を全国大会に導いた玲も、平凡な沙良からするとすごすぎる人たちだ。

彼らとともに、もとの世界に帰りたかった。

どうか帰らせてほしかった。

心からそれを祈りながら、沙良の意識は重い闇に落ちていった――。


「……だ――……が、んだと……」

「……って言って……べつに……」

（あれ……？）

ふと沙良は目を覚ました。意識しか起きていないためか、身体は重くて動かない。

トロトロとまどろみながら声のしたほうに目を向けると、将人と享司が武道館の玄関前に立っていた。外を警戒しているのか、かおりたちが帰ってくるのを待っているのか、扉にはめ込まれたガラスから外を見ているようだ。

まだ外は真っ暗で、彼ら以外は皆、寝ている。

「……それは理想論だ、箭竹原」

将人が吐き捨てるように呟《つぶや》いた。再会してから、彼が負の感情を露《あらわ》にしたところを沙良は初めて見た。沙良たちの前では、意識して感情を抑えていたのかもしれない。

「もう九人死んでる。いや、青井たちや京極さんたちも、おそらく」

「だろうな」

「……否定してくれ。帰ってこないだけで、どこかに避難しているかもしれない」

「はっ、必死だな、優等生」

馬鹿にしたような台詞だが、享司の声にその響きはなかった。将人も静かに話しているため、二人の声はどこか子守歌のように聞こえる。

再び沙良が眠りに落ちかけた時、ふっと享司が笑ったような声が聞こえた。

「俺らは全員、ぶっ殺されるだろうよ」

（え……）

不吉な言葉に、沙良はハッとした。そんなことないと言いたいのに、身体が重くて動かない。

「コレはそういう類《たぐい》のもんだ。見逃すつもりなら、最初から連れてこねえだろう」

「だから諦めて殺されろと言うのか？　そんなこと、納得できるか」

「意外だな、蔓原。案外熱い」

からかうような享司の言葉に、将人は重いため息をついた。

「桃木さんがいる」

「へえ？」

急に二人の視線を感じ、沙良はとっさに寝たふりをしてしまった。沙良が起きていることには気づかなかったのか、将人たちはしばらくこちらを見つめているようだった。

「彼女には罪がない。そうだろう」

「ああ。唯一の、完璧な被害者だな」

「なぜ桃木さんまで……」

痛ましそうに将人がうめく。会話の流れからして、沙良のことを話しているのは間違いないが、その会話が理解できない。

（完璧な、被害者……？）

被害者は今、蔵院高校に集められた元一年A組の生徒全員のはずだ。二人はなんの話をしているのだろう。

いぶかしむ沙良には気づかず、将人たちの会話は他に移ってしまった。声を潜めたのか、会話の内容は聞こえなくなる。そうなると、沙良もいよいよ眠くなった。

「……で、なら……ん？　箭竹原、その煙草……職員室から持ってきたのか」

半分以上寝かかった沙良の耳に、将人の声が聞こえる。

「これじゃ吸えねえがな。蔓原、火は」

「持ち物は全てあのキグルミに没収された。ライターを見つけても、今は禁煙にしてくれ。外にいる時、匂いや灯りで気づかれたら大ごとだ」

「健康がどうの、とは言わねえんだな」

喉《のど》の奥で享司が笑う。外にいる時、という言葉が妙に気になりつつ、沙良は吐息をつき……いつしか再び眠っていた。

「……ら、……さら」

肩をゆすられる感触で、沙良は再びゆっくりと目を覚ました。

どれだけ寝ていたのかはわからない。感覚的には、目を閉じたのはつい数秒前のような気がする。一瞬、自分がどこにいるのかもわからずに混乱したが、袴《はかま》姿のありさを見た途端、記憶が戻ってきた。

真っ先に武道館を見回したが、京極かおりと橋本優奈はまだ帰ってきていない。

(二人とも、もう……)

その想像に、胃の奥がずしりと重くなる。昨日のうちに捜しに行くべきだっただろうか。もしくは今もまだ、二人はどこかに隠れて沙良たちの助けを待っているだろうか。

「沙良、寝ぼけてないで起きて！　ねえ、すごいんだよ！」

寝る前は元気のなかったありさが、今は目を輝かせている。そのことは単純に沙良も嬉しかった。

「おはよう、りさちゃん。どうしたの？」

「あれ見て！　早く！」

外に直結している玄関を指さされ、つられてそちらを見た沙良は思わず息をのんだ。

「うそ、太陽……!?」

扉の外が明るい。夜が明けたのか、太陽の光が武道館に差しこんでいる。

ありさのはしゃぎ声で、眠っていた玲たちも目を覚ました。皆、太陽に気づき、歓声をあげる。外に飛び出そうとする者たちに、沙良とありさも続こうとしたが、

「みんな、待て。……待ってくれ」

背後で将人の声がした。ろくに眠っていなかったのか、声は精彩を欠いている。

そういえば昨日、彼と享司が話していた気がする、と沙良はぼんやりと思い出した。どんな会話をしていたのかを考えてみたが、どうにも記憶はおぼろげだ。

「時計を見てくれ。これは朝日じゃない」

「え……って、四時過ぎ……!?」

困惑しつつも武道館の時計を見あげ、沙良はぎょっとした。

丸時計は四時を少し過ぎた辺りを差していた。

一月の今、蔵院市の日の出は七時前後だ。四時に太陽は昇らない。

「これ、夕日だよ。部活中に見た夕焼けと同じだ」

食い入るように外をにらんだ玲が、悔しそうに顔をゆがめた。確かに、沙良も改めて見直してみたが、なぜこれを朝日だと思ったのかわからないほど、日差しは真っ赤だ。

「さっき……十一時前くらいに、急に時計の針が戻りはじめたんだ。あっという間に四時まで巻き戻ったあと、また正常に動き出したけど、それに外の風景もリンクしていた」

「西から太陽が昇ってきたってこと？　はは、マジでここ、異世界なんだ」

笑わなければやってられない、というように玲が髪をかきあげた。

「ねえ、蔓原。これってつまり、そういうこと？　昨日……っていうか、さっき？　B棟のところで聞いたのが正解ってわけ？」

怒鳴るわけではなかったが、玲の声は切迫していた。彼女がここまでうろたえるのを初めて見たのか、誰もが不安そうな顔をする。

硬い表情で将人はうなずき、用具倉庫のそばに皆を集めた。怪我をしている瑠華奈と嵐山を囲み、彼は重い口を開いた。

「残っていた連中には初めて話すけど、校内の掲示物は全て、四年前の日付だったんだ」

「蔓原、なんだよそれ」

髪を紫色に染めた木戸が詰問するように声を荒らげた。今、起きていることは全て将人のせいだというように、妙に喧嘩腰《けんかごし》だ。

将人はひるむことなく、正面から木戸を見返した。

「俺たちが連れてこられたのは成人式前日の一月十四日だっただろう。四年前の一月十四日になにがあったか……なぜ一年A組に在籍していた連中が集められているのか……みんな、もうわかるはずだ」

「……っ！」

その瞬間、沙良をのぞいた皆が息をのんだ。

（なに？　どういうこと？）

「いやあっ！　これ、ブスの仕業なの？　あいつの呪いなの⁉」

困惑する沙良にはかまわず、突然聡子が悲鳴をあげてよろめいた。半泣きになりながら、誰かに言い訳するように周囲を見回す。

「あ、あたし、関係ないよ！　なにもしてないもん!!」

「俺だって同じだよ！　なんで四年も経って今さら……！」

木戸がわめいた。平口や柳場もうめき、すすり泣いている。

「りさちゃん……しっかりして。どうしちゃったの？」

突然その場にへたりこんだありさに、沙良は慌てた。いくら肩をゆすっても、ありさは目を開けたまま気絶してしまったように呆然《ぼうぜん》としている。

「りさちゃん、ねえ……！」

「沙良が編入してくるちょっと前、一年A組《いちエー》で死んだ子がいたんだ」

玲が言った。泣きじゃくる聡子の背中をさすりながら、彼女も顔をこわばらせている。

「毒川塁子《ぶすかわるいこ》。最初はブスって名前でからかわれてたのが、どんどんエスカレートしていったらしい。で、結局……」

「まさか自殺、とか……？」

「そういう噂。気が強くてさ。いじめられても泣かないで、相手をにらみ返すような子だったんだよ。私も直接いじめの現場は見たことなかったけど、落書きされた上履き持ってるのを見たことがあって……一緒に先生に相談しようって言ったけど断られた」

玲は頭痛を払うように頭を振った。

「死んだのがちょうど高一の一月。その約一カ月後に沙良が編入してきたんだ。……気づかなかったのも無理ないよ。みんな、あえて話題にしないようにしてたから」

「そんなことがあったんだ……。その、いじめてたのって……」

「わからないんだ。毒川さんが死んだあとで犯人捜ししても仕方ないって雰囲気だったから」

玲の言葉に、沙良は思わず息をのんだ。

「じゃあもしかして、今まで殺された人たちが……?」

「いや、殺された連中が全員毒川さんをいじめてたってのはありえない。犯人はわからないけど、舞《まい》は絶対、誰かをいじめるような子じゃないし」

確かに昨日、一年A組で殺された鳥海《とりうみ》舞は誰に対しても親切な少女だった。いじめられている人がいれば、なんとかして助けようとするタイプだと沙良も思う。

「毒川さんが怪我してるのを見て、舞が絆創膏をあげたこともあったよ。でも彼女、舞の手をひっぱたいて『偽善者は死ね！』って言ったんだ。いじめた犯人だけじゃなくて、助けようとした人のことまで敵認定してるみたいだった。……蔓原、キスウサは毒川さんなの？　死んだ毒川さんが私たち全員に復讐するためによみがえってきたって？　それで舞は殺されたの？」

射るような玲の視線を受け、将人は深刻な顔でうなずいた。

「……確証はないけど、その可能性が高いと思う。犯人がキグルミを被っていたのは、毒川さんが俺たちに正体を隠すためだった、と考えるとつじつまが合うんじゃないかな」

「でも毒川さんって、別に力は強くなかったよ。あんなふうに人を切り刻めるなんて思えないんだけど」

「これも俺の推測だけど、多分この空間が関係しているんだと思う。門や外塀に『結界』らしきものが張られていて外には出られないし、内部は四年前の一月十四日の夕方から夜を繰り返しているから……ここは毒川さんの作った世界で、ここなら彼女は普段の何倍もの力を発揮できるとか。そう考えると、あのキグルミが武道館に突入してこないのも、逃げる俺たちを熱心に追ってこないのもわかる気がする」

「いつでも殺せるってことか。ますますオカルトじみてきたね……」

「ああ。でも蔵院高校の時間がどれだけ繰り返されたとしても、俺たち自身の怪我は治らないし、死んだ人間も戻ってこないんだと思う」

将人の視線が瑠華奈と嵐山に向く。出ていった時の威勢の良さはどこへやら、嵐山はおどおどとした様子で背中を丸めてうつむいた。傷が痛むのか、よほどキスウサに襲われたことが恐ろしかったのか、そういえば目覚めてから一言もしゃべっていない。

確かに、時間が巻き戻っても、二人の怪我は治っていなかった。一年A組で殺された舞たちも、A棟三階の踊り場で殺された西村たちも皆、殺された時のまま、それぞれの場所に死体があるに違いない。

(私たちが集められたのは復讐のため？　でも、それじゃなんで私……)

「あ、あのさ……でも毒川さんの事件って沙良にはなにも関係ないよね？」

その時、まさに沙良が考えていたことをありさが言った。まだ青ざめてはいたが、必死で彼女は言葉をつむぐ。

「キモウサの中に入ってるのが毒川さんで、当時のクラスメイトに復讐してるって言うなら、沙良は無関係じゃん。これ、毒川さんの件とは違うんじゃないかな」

「でも他に、一月十四日を繰り返す理由がある？　沙良は偶然連れてこられちゃったんじゃないかな。……そんなことで殺されるなんて、たまらないと思うけどさ」

痛ましそうに玲が沙良を見る。

――唯一の、完璧な被害者。

夜、将人と享司が話していた会話の一部を、沙良は不意に思い出した。あの時彼らが言っていたのはこのことだったのか。

「私、被害者なのかな……」

「当たり前でしょ！　沙良、毒川さんと会ったこともないじゃん！」

「りさちゃん……、うん、そうなんだけど……」

沙良は深呼吸をし、毒川塁子という少女のことを考えようとした。

だが、全く思いつかない。名前も性格も今初めて聞いたばかりで、容姿は想像もできなかった。

「同じクラスに自殺した生徒がいたことも知らないで、私は高校生活を送ってたんだよね。気づける機会は多分、何度もあったはずなのに……」

いくら一年A組のクラスメイトが話題を避けたからといって、毒川塁子の存在を完全に消すことなどできないだろう。それにもかかわらず沙良は今まで、一年A組に自殺者がいたことなど知りもせず、のんきに高校生活を満喫していたのだ。

犯人が毒川塁子だとしたら、彼女は同じクラスにいたという理由だけで鳥海舞たちを殺している。沙良のことだって恨んでもおかしくはない。

（私だけが西門にいたのは、毒川塁子さんにとって、私は一年A組の生徒じゃないってことなのかな……）

仲間外れ、ということだろうか。そうだとしても蔵院高校に連れてきた以上、沙良を生かして帰すつもりもないのだろう。

沙良はきつく唇を噛み、身体の震えをなんとか抑えようとした。

「そんなわけでみんな、状況は察してもらえたと思う」

気遣わしそうに一瞬、沙良に視線を投げたあと、将人は皆を見回した。

「俺たちがここに連れてこられたのは毒川さんの自殺が原因……そう仮定して行動すべきだと思うんだけど、いいかな」

「い、いいかって聞かれても……だとしたらなんだって言うんだよ。蔵高《くらこう》から出られなくて、人殺しのキグルミが襲ってくることには変わりがねえんだろ」

紫色に染めた髪をかき回し、木戸が半泣きで言った。将人は冷静に首を振る。

「犯人がわかれば、対策も立てられるだろう。たとえば以前部室棟の奥にあった旧体育倉庫に行ってみるとか」

「旧体育倉庫？　そんなのがあったの？」

沙良には聞き覚えのない場所だった。

部室棟自体は武道館の先にある。その奥は長らく空地になっていたが、沙良たちが卒業した翌年から工事が行われ、このたび記念館が新設されることになっていた。

「その空地には以前、旧体育倉庫があったんだ。そこで毒川さんが首吊り自殺したらしい。死体が発見されたあと、倉庫には鍵がかけられたけど、オカルト好きな生徒が何人も中に入ろうとしたから取り壊されたと教師から聞かされたよ」

不謹慎すぎるというように、将人は顔をしかめた。

「壊されたのは毒川さんが自殺してから二週間後くらいだったと思う。つまり一月十四日を繰り返している今の蔵高内には、まだ旧体育倉庫があるんだ。……だよな、箭竹原？」

黙って玄関の外を見ていた享司がうなずいたのを受け、将人は続けた。

「別行動をしていた時、箭竹原が遠くから旧体育倉庫を確認したらしい。倉庫には大きな南京錠《なんきんじょう》がかかっていたそうだから、まずは鍵を手に入れないといけないけど、行ってみる価値はあると思う。事件解決の手掛かりが見つかるかもしれない」

「待てよ、蔓原。旧体育倉庫に行く？　キモウサが校内、うろついてんだぜ？」

信じられない、と舌を打ち、木戸はびくびくと震える嵐山を指さした。

「嵐山ですら、こんな目にあわされてるんだぜ。勝てっこねえよ！」

「真正面から挑んだら勝てないからこそ、策を講じに行くんだ。籠城《ろうじょう》していても、事態は解決しないだろう？」

「無理無理！　ぜってー無理！　俺は行かねえよ。明日、成人ライブがあるんだ。怪我したら、ギター弾けなくなるしよ」

「この状況でバンドの心配か？　殺されたら、ライブどころじゃないんだぞ」

「いや、だから殺されたくねえから、ここにいるんだって。なあ？」

小ずるそうに目もとをひくつかせ、木戸が同意を求めて周囲を見回した。聡子や平口たち、武道館から一歩も出ていない男女がうなずく。外に出ていないからこそ、恐ろしいのだろう。ここにいれば安全だと、思考を停止させているようだ。

（確かに怖いけど……でもそんなこと言ってる場合じゃ……）

「これが正常性バイアスか」

ハラハラしながら話を聞いていた沙良の前で、将人が失望したようにため息をついた。

「正常……蔓原くん、それなに？」

「今の、木戸たちの心理状態のことだよ、桃木さん。人間は災害などの異常事態に陥《おちい》った時、『こんなことが起きるはずがない』、『自分のいる場所は安全』と思い込んでしまうケースが多いんだ。その結果、逃げ遅れて死亡する人も大勢いる。……木戸たちも冷静になってくれ。武道館にあのキグルミが入ってこない保証はどこにもないんだぞ」

「つかさー、そーゆうのは行きたい人だけ行けば？」

木戸をかばうように聡子が一歩前に出た。友人だったはずの玲を憎々しげににらみ、木戸に寄り添う姿はまるで恋人同士のようだ。

「ここが安全とは限らないって言うけど、外のほうが危険なのは間違いないじゃん。外に出て襲われた場合、蔓原が絶対助けてくれるわけ？」

「……善処はするが、断言はできないな」

「ほら。それじゃ全員自己責任ってことで。もしここが襲われても、蔓原を恨んだりしないからさ。ああ、玲も行くんでしょ？　行動力のあるリーダー様だもんね」

「聡子、昨日からなに怒ってるの？　喧嘩ふっかけてくるなら、時と場合を考えなよ」

「考えてるから言ってるんでしょ！　いつもいつも上からもの言わないで！」

聡子がカッとしたように声を張り上げる。いたわるように平口と柳場がその肩を叩くと、聡子は大人しくうなずいて彼らの後ろに隠れた。

（なんか変……おかしいよ）

まるで武道館内が敵味方に分かれてしまったようで、沙良は胸騒ぎを覚えた。

おかしいと最初に感じたのは昨夜、沙良たちが嵐山を連れて帰ってきた時だ。

京極かおりと橋本優奈が消えていて、聡子たちは変にピリピリしていた。かおりたち二人だけをトイレに行かせた罪悪感によるものかと思ったが、それにしては聡子は玲を避けすぎているようだ。

（みんなで協力しなきゃいけないのに、でも……）

沙良は無意識にありさと玲のほうに身を寄せた。

憎々しげににらんでくる聡子たちが怖い。

「なんでもいいから早く決めろ。ここでだらだらしてたら日が暮れるぞ」

その時、呆《あき》れたように享司が声をかけてきた。彼は用具倉庫から竹刀《しない》を持ち出し、一人で武道館を出ていこうとする。

「俺はとっとと帰りてえんだよ。頭使うのは得意じゃねえから、策があるなら聞くが、ないならないで、あのキグルミを潰《つぶ》しとく。意見がまとまったら、あとから来い」

「ちょっと待て、一人で行くな！」

慌てて享司を引き留め、将人は難しい顔で武道館内を見回した。

「どうせなら何カ所か、行きたい場所があるんだ。旧体育倉庫の調査と脱出経路の再確認。それと食料も確保しておきたいけど、そうなると人手がいる。誰か来てくれないか？」

「わ、私……」

自分でも無意識に、沙良は小さく手をあげていた。皆の視線が一斉に集まり、分不相応なことを言った気がして身がすくむ。それでも必死で言葉を絞り出した。

「待ってても多分、外から助けは来ないいんだよね。だったら、その……足手まといになるかもしれないけど、私も」

「桃木さん、だけどきみは」

「私、みんなと一緒に帰りたい。これ以上、誰かが死ぬのはやだよ……」

出ていった将人たちの無事を祈りながら、ただ帰りを待つことはできそうにない。キスウサと直接戦うのは無理だろうが、どこかを調べることなら自分にもできるはずだ。

「……くっ」

懸命にそう訴えた時、小さな笑い声が聞こえた。

驚いて顔をあげると、享司がくつくつと肩を揺らしている。

「部外者が一番根性見せるとはな。じゃあ来い。守ってやる」

「箭竹原くん……」

「途中で襲撃されても、女なら担げるしな……って、おい、先越されたからって、んなツラでにらんでんじゃねえよ」

「え？」

ふいに享司の視線が沙良の背後にそれた。意味がわからないまま振り返ると、なぜか将人が真っ赤な顔で咳きこんでいる。

「つ、蔓原くん、大丈夫？」

「……大丈夫だ、桃木さん。でもあと五歩下がって、そこの野獣から離れて」

「……？」

ますます沙良が困惑していると、隣にいたありさが興奮気味に手のひらを摑んできた。

「ちょっと沙良、これ脈アリなんじゃないの!?　行けるんじゃない？」

「え……なにが？」

驚く沙良の肩に、にやにやと人の悪い笑みを浮かべた玲が手を回した。

「へえ？　そういうことなら私も行く。協力するよ、沙良」

「玲ちゃんも……！　二人とも、なに言ってるの!?」

「食糧なら女バレの部室にため込んでるしね。旧体育倉庫に行くのが決定なら、売店に寄ってから戻るより、部室棟に行ったほうがいいよ」

売店は武道館の西側、旧体育倉庫は東側にある。両方行く場合は、一度通った道を戻らなければならず、時間の無駄になるだろう。

素早くそれを計算し、玲はぐるりと武道館を見回した。

「……で、他にはいないの？　もし外に逃げられる方法がわかったら、私たち、そのまま逃げるかもよ?」

しかし玲のあとに続く声はない。木戸や聡子は顔を見合わせ、肩をすくめるだけだ。

諦めたように、将人が言った。

「これ以上は話し合っても無駄だろう。陽が沈んでしまう前に行動したい。万が一、脱出方法がわかったら、声だけはかけに来るから、怪我している間宮と嵐山は木戸たちが責任を持って連れて逃げてくれ。いいな?」

「はあい、行ってらっしゃい。期待してるよ、蔓原。カナナのために頑張ってねえ」

それまでは話し合いに参加しなかった瑠華奈が、笑いながら片手を振った。

こんな時だというのに輝かんばかりの笑顔だ。まるで大きなコンサートホールで、ファンに手を振っている時のように。

「……っ」

一瞬、胸の奥が鈍く痛む。今はそんな時ではないと自分に言い聞かせ、沙良は将人たちともに武道館をあとにした。

4

沙良《さら》とありさ、玲《れい》と将人《まさと》、享司《きょうじ》の五人は再び武道館を出た。

外に出た途端、身を切るように冷たい風が吹きつけてくる。

依然として空は真っ赤に燃えていたが、かなり夜に近づいたようだ。炎のようだった夕焼けが、今は血の色に近い。まだらに浮かぶ雲も赤く染まり、どこか内臓を思わせる不気味な空模様だった。

沙良は脅《おび》えながら慣れない竹刀《しない》を握りしめた。

「キスウサはいないね……」

「ああ。でも、俺たちが武道館を拠点にしていることは、あのキグルミももうわかってる。どこかで待ち伏せしているかもしれないから、注意して進もう」

すぐ後ろにいた将人も竹刀を持て余しつつ、周囲を慎重に見回した。

沙良たちは学校の外塀沿いに作られた自転車置き場に沿って、南門を目指した。

武道館から南門までの間には、冬でも植物に触れられるようにと常緑樹の茂みが植えられている。三メートルほどの高さの小高木を過ぎると、枝葉にまぎれて武道館の一階はほとんど見えなくなった。なんだか帰る場所を失ってしまったように心細い。

「マジで聡子《さとこ》、来なかったな」

玲が背後を振り返り、ため息をついた。

「高校時代、彼氏を間宮《まみや》に盗られたとかで、めちゃくちゃ嫌ってたのに。まあ、失恋と命の危機を秤《はかり》にかけて、あっちに残ったんだろうけどさ」

「うん、誰だって怖いもんね……」

「聡子は昔からああなんだ。つらいことからすぐ逃げるの」

玲が苦々しく言った。

「高二の時も県大会優勝に向けて、きつい練習をするようになったら、捻挫《ねんざ》したとか母親が過労で入院したとか言って、早退するようになってさ。そのあと、聡子のお母さんに会った時、入院なんてしてないって言われて呆《あき》れたよ。……さっきの聡子、あの時と同じ目をしてた。なにか嘘をついてる目」

「それ、京極《きょうごく》さんたちがいなくなったことと、なにか関係……」

「あるんだろうね。あの調子じゃ、死んでも言わなそうだけど」

はっきりとしたことはわからないが、不吉な予感が胸を突く。

　沙良は不安を覚えながらも、先頭を歩く享司に続いて南門に向かった。

　やがて、蔵院《くらいん》高校の制服を着た、男女の石像が見えてくる。

　東西南北の門と正門の五つは全て同じ造りをしている。門の左右に花壇があり、そのどちらかに石碑か石像が置かれている。

　南門は一見、なにも異常がないように見えた。向かって右手側から門扉をスライドさせ、左手側の門柱に鎖を巻きつけて施錠《せじょう》されているが、門を乗り越えれば、簡単に脱出できそうだ。

　しかし、享司が落ちていた石を投げた瞬間、門扉を中心にして青白い光の壁が左右と上方に十メートルほど立ちのぼった。夕焼けの中に突然出現する巨大な「結界」に、沙良はきつく唇を嚙《か》む。

　……本当に、自分たちは巨大な檻《おり》に閉じこめられているのだ。

「やっぱり無理か。……箭竹原《やたけばら》、一度戻ろう」

　結界を見あげ、難しい顔で考えこんだ将人が享司に言った。

　享司は軽く片眉をあげ、異を唱えることなく、元来た道を戻りだす。

「蔓原《つるはら》くん、なにか忘れ物？」

「うん、向こうからもこの光が見えたはずだからね。なにか話すかもしれない」

　普段の将人なら、質問すればわかりやすく教えてくれるが、今はそれどころではないようだ。曖昧《あいまい》なことを言ったきり、なにかを考えこんでいる。

重ねて尋ねるのも気が引けて、沙良たちは再び享司に続いて武道館へ戻った。

享司は常緑樹の陰《かげ》に身をひそめながら、出ていく時に使った玄関ではなく、建物の側面に向かった。用具倉庫の形に突き出ている角まで来ると、おもむろに膝をつく。

ちょうど目線の高さにある小窓の一つから、道場内の声が聞こえてきた。

(あれ、小窓って玲ちゃんたちが最初に閉めたはずじゃ……)

まっすぐにここに来たということは、将人か享司がひそかに開けておいたのだろうか。

「蔓原、当たりだ」

「最悪の展開だな……。代わろう、桃木《ももき》さんたち。声は出さずに」

中の様子を窺《うかが》っていた将人と享司が、途中で沙良たちに場所を譲った。なにかよくないことが起きているのは間違いない。

沙良はありさや玲と不安げに顔を見合わせつつ、そっと小窓から道場内をのぞいた。

(え……なに、あれ)

木戸《きど》たちが剣道場の一カ所に集まって座り、なにかを食べていた。どこにあったのか、大きなクッションのようなものに座る瑠華奈《るかな》を見あげ、夢中でなにかを口に詰め込んでいる。

一瞬、彼らが持っているものが血の滴《したた》った生肉に見え、沙良は悲鳴をあげかけたが、よく見れば、なんてことはない。ただのパンが夕日に染まっているだけだ。脇に置かれた二リットル入りのペットボトルも夕日が当たり、血のように見えている。

（どういうこと？　食べ物なんてどこから……）

木戸たちは夢中で食事をしていて、こっそりと様子を窺う沙良たちには気づいていないようだ。

こちらに背を向けた瑠華奈はありさが汚さないために置いていった振袖を肩から羽織っていた。色鮮やかな着物が、瑠華奈の存在を強調させている。

「うあ……」

その時、瑠華奈の足もとから悲痛な声がした。

（まさかあれ、嵐山《あらしやま》くん!?）

よつんばいになった嵐山の背中に瑠華奈が座っていると気づき、沙良は大きく息をのんだ。

嵐山は全身傷だらけだというのに、道場内の人々は誰も彼をいたわっていない。食料も彼には分けていないようだ。

「はい、そこまで。片づけて」

「ま、待ってくれ、間宮。まだ大丈夫だろ？　あいつら、さっき南門調べてたし」

冷淡な瑠華奈の声に、木戸が慌てて食い下がった。腹持ちのいい棒状の栄養調整食品を握りしめ、彼は必死で瑠華奈を見あげた。

「このあと旧体育倉庫に行くって言ってたし、当分戻ってこねえって」

「さっさと逃げ帰ってきたらどうするの？　足手まとい兼、ノロマ兼、お荷物兼、ドブスかける二はともかく、筋肉バカかける二は遠くからでも敵に気づくかもしれないし、がり勉眼鏡もいるんだから」

将人に見せていた甘ったるさはどこにもなく、瑠華奈は威圧的に木戸たちを睥睨《へいげい》した。

「筋肉バカってのは私と箭竹原のこと？」

外から武道館をのぞいていた玲が不本意そうに呟《つぶや》く。

「がり勉眼鏡は間違いなく俺だな」

将人が眼鏡を指で押し上げながら続いた。

（い、いっぱい要素がついてたのは私とりさちゃんかな）

がっくりと沙良は肩を落とした。

瑠華奈の容赦《ようしゃ》ない評価はなかなか堪《こた》えたが、それよりも今は彼女たちがなにをしているのかが気になる。

（木戸くんたち、私たちが南門に行ったこと知ってるみたい）

結界が発動するかどうかを武道館から見ていたのだろうか。無事に結界が見えたため、当分沙良たちが帰ってこないと思いこんでいるように見える。

（だから食料を食べはじめたのかな。蔓原くん、こうなることを読んで……）

振り返ると、沙良の言いたいことがわかったように将人は小さくうなずいた。

「ほら木戸、早く片づけて。あんたが次の生贄になる？」

武道館では依然として、瑠華奈が女王のように君臨していた。

「待ってくれ！　俺らの中から次を出すなら嵐山だろ？　みんなでそう決めたもんな」

「まあ、図体がデカいだけのグズなんて、これくらいしか役に立たないからね。怪我までしちゃって家畜以下」

瑠華奈は捻挫していないほうの足で、座っていた嵐山を蹴りつけた。ヒイイ、と空気が漏れるような悲鳴をあげたものの、嵐山は文句も言わず暴れもしない。

瑠華奈は馬鹿にしたように嵐山を見下し、唇をつりあげた。

「心配しなくても、あいつらが全員死んだら、カナナたちは帰れるよ。その代わり、一人でも生き残ったら、あんたが……。ふふっ、ちゃんと死んでくれるといーね？」

「ひ……ひぃ、ひぃい……」

「ねえ、祈って？　早く。祈りなよ、ほら」

がつがつと瑠華奈は嵐山の右脚を蹴る。縫合したばかりの傷が開き、むき出しになっていた右脚の包帯に血がにじんだ。

「あああ、やめ、やめてくれ。死、死んで……死ね……死ね！」

「きゃはは、やぁだ、泣いちゃって、ださーい！」

泣きながら、自分たちの死を祈る嵐山を見て、沙良は気おされた。

（なにが……起きてるの）

「決まりだな。離れよう」

押し殺した声で将人が呟いた。沙良だけではなく、ありさや玲も混乱していて青ざめている。質問すらできず、沙良たちはふらふらと武道館を離れた。

先頭を行く享司は予定していた通り、旧体育倉庫前の部室棟に入る。

二階建ての細長いプレハブハウスには土産物屋《みやげものや》で売られているような木刀やギターが置かれ、壁にはべたべたとポスターが貼られていた。高校時代、部活動をしていなかった沙良にはなじみのない場所だが、一階に新聞部の部室があるありさは自分の部屋に入ったように、ホッと息をついた。

「蔓原、いるか」

享司は持っていた竹刀を廊下の隅に置き、立てかけてあった木刀を手に取った。

「……一応もらっておく。正直、竹刀ですら持て余しているけど」

「持ってりゃ、なんかの足しにはなるだろ」

にやりと笑い、享司は部室棟の入口に寄りかかった。彼に声をかけることなく、将人は沙良たちだけを促《うなが》して二階に向かう。

彼は二階の階段前にある角部屋の前で足を止めた。

「……女バレの部室、そこだけど、入らないの？」

玲がなにかを言いたそうな顔で尋ねた。他にも聞きたいことは山ほどあるが、考えがまとまっていないような顔をしている。

「女子バレー部は角部屋だからね。万が一、東側の窓が開いていたらまずい」

なにがどうまずいのかは説明せず、将人は心なしか緊張した面持ちで言った。

「姿勢を低くして中に入ったら、食料を手に入れてすぐに部室棟を出よう。箭竹原が見張りに立ってくれたけど、出入口が一カ所しかないから、襲撃されたらこっちが不利だ」

「ああ、なんで箭竹原が来ないのかと思ったら、見張りだったんだ。蔓原も箭竹原もいろいろ考えてるんだね」

「柚木《ゆずき》さん？」

「私は駄目だ。さっきのが気になって、他のことなんて考えられないよ。……あれなに？なんの話をしてたの？」

我慢できず、玲が廊下で将人に詰め寄った。

「私たちが全員死んだら、間宮たちはもとの世界に帰れる？　そんなこと誰が言ったの？あと聡子たち、パンとか食べてたけど、あれってどこにあったやつ？　私たちが昨日、トイレに行ってる間に武道館で見つけて、こっそり隠してたってこと？　だから食料は必要なくて、私たちと一緒に来なかったの?」

「そういう話なら、よかったんだけどね」

言葉を濁《にご》す将人に、沙良は嫌な予感を覚えた。

「まさか、自分たちの分け前が減るから、京極さんたちを追い出したとか……」

聡子が玲を避けるようになったのも、食べ物欲しさに友人を見殺しにした罪悪感から来ていたのだろうか。もしそうならひどすぎる、と息がつまった沙良を痛ましそうに見て、将人はなおも首を振った。

「偶然見つけた食料欲しさに事を起こしたとしても、まだマシだったと思うよ。……間宮は『次の生贄《いけにえ》』と言っていただろう? 俺たちは今まで、あのキグルミは俺たちが憎くて襲ってくるんだと思っていたけど、復讐と生贄じゃ意味が全然違う。誰かに『生贄』だと言われない限り、あの単語は出てこないはずなんだ。……じゃあ誰に?」

誰に、など考えるまでもなかった。

「キスウサ……」

「そう。武道館にいた間宮たちがあのキグルミの考えを知る機会はないと思う。……キグルミ本人がそう言わない限り」

「キスウサが、言った……?」

「うん。多分、あのキグルミは昨夜、俺たちがトイレに行っている間、武道館に来たんだ。

そして京極さんと橋本《はしもと》さんを『生贄』として差し出させ、褒美として食料を与えた……」

　ありさが小さく悲鳴をあげた。

「でもキモウサはあの時、嵐山を襲ってたじゃん。あたしたちだって廊下で襲われたし」

「いや、嵐山が襲われた時間と、武道館で交渉が行われたかもしれない時間が同じとは限らない。嵐山が武道館を出ていってから俺たちと出会うまでには小一時間ほどあっただろう？　それだけの時間があれば、両方をこなすことは可能だ」

「そんな……じゃあ京極さんたちはもう……」

　言葉をなくした沙良に、将人は痛ましそうに目を伏せた。

「多分……。昨夜も帰ってこなかったしね」

　将人はあくまでも「推測」の形を取って話したが、それはほぼ間違いないように思えた。先ほどの武道館の光景を見ていなければ、沙良も反論できただろうが、あの時、瑠華奈たちが話していた会話が頭から離れない。

　沙良はめまいを覚え、顔を手で覆った。

「ただ私たちを殺そうとしてるんじゃないんだね」

「沙良……」

　ありさがそっと肩に手を置く。その温かさに、沙良は無性に泣きたくなった。

「間宮さんたちと取引して、京極さんたちを差し出させたり……そういうふうに頭を使う殺人鬼なんだね」

「確かに……」

「それなら、なおさら力をあわせなきゃいけなかったのに、なんで間宮さんたち……。ここに連れてこられてから、まだ一日も経ってないのに、パンと引き換えに友達を見捨てるなんて……！」

「空腹の度合いは関係ないんだろうね。多分、彼らは服従を選んだんだ」

将人が苦々しく言った。

「服従……？」

「あのキグルミの要求を聞いて、褒美を受け取ることで共犯者になろうとしたんだろう。自分たちは殺されないと間宮が断言できたのも、自分が相手側の人間だと思ったからだと思う。敵からもらった食べ物を食べた……彼らはもう敵だと考えたほうがいい」

「じゃあ私たち、もう武道館には戻れない、のかな」

自分で口にした言葉が、ずしりと沙良の両肩にのしかかった。

「あそこ、すごく落ち着けたのに……。もし戻ったら、間宮さんたちは私たちをキスウサに差し出すのかな」

「その可能性は高いな。人数的にはほぼ互角だけど、間宮たちがいつ、どういう形で襲ってくるかがわからない以上、同じ空間にいるのは避けるべきだ。早急に校門の『結界』をなんとかするか、日が暮れる前に籠城《ろうじょう》できる場所を探そう」

「……うん」

結界をなんとかして解除し、キスウサを倒し、全員でもとの世界に生還することなんて本当にできるのだろうか。考えれば考えるほど、不可能に思えてくる。

押し黙った沙良たちを気遣ったのか、将人がふっと表情を和《やわ》らげた。

「そう悲観的になることもないさ。旧体育倉庫になにもないってことはないと思う。それが即、脱出につながるかはわからないけど、なにか一つでも発見できれば、そこから対策が練れる」

「うん」

秀才と名高い将人が断言してくれると、確かにそうかもしれないと思えた。

それにしても、恐ろしいのは瑠華奈たちだ。昨夜、自分たちが嵐山を連れて武道館に帰ってきた時、瑠華奈たちはすでにかおりと優奈《ゆうな》を見殺しにしていたということだろうか。それにもかかわらず、キスウサの脅威に脅える振りをしていたなんて。

「どこまで堕《お》ちたの、聡子……！」

その時、黙って話を聞いていた玲がぎりっと唇を嚙みしめた。うつむいているため顔は見えないが、ぞっとするほどの凄味《すごみ》が全身から立ち上っているような気がする。

沙良が胸騒ぎを覚えた時だ。

「ね、ねえ、とりあえず中に入らない？」

張りつめた空気を散らすように、ありさが明るい声で言った。

「蔓原が部室に入ろうとしないのって、キモウサが旧体育倉庫から部室棟を見張ってるかもしれないって考えたからでしょ？　でもそれなら、しゃがんで入れば見つからないし……あたし的には、もーおなかすいちゃって。ねえねえ玲、女バレってどういうの、常備してた？」

ありさはにこにこと笑いながら、玲の肩を軽く叩いた。

「新聞部は快適だったよー。うちの店にお中元で送られてきたクッキーとかチョコとかバームクーヘンとか。あ、あとポットもあったから、コーヒー紅茶飲み放題」

ありさにつられたのか、玲もようやく表情を和らげる。

「なにそれ、めっちゃ最高じゃん。女バレは普通だよ。パンとかスナック菓子とか……プ、プロテインとか……？」

「ぶはっ、プロテイン！　女バレって、そういうの飲んでたんだ？　なんか意外」

「いや、みんなが飲んでるわけじゃないよ。あれ、飲みにくいし、なにに混ぜてもプロテイン味になっちゃうし」

「ん？　ちょっと待ってください、柚木キャプテン。バレー部さんは全員プロテインを飲んでいるわけではない？　でもキャプテンは味を知っている？　ということは……」

聞きこみ調査をする新聞記者のように、握りこぶしをマイクに見立てて差し出したありさに、玲はハッとし、続いて大きく舌を打った。

「しまった。……あーもー、そうだよ、私の私物！　これはオフレコだからね！　記事にしたら訴えるよ、新聞部！」

「あはは、黙っていられる自信はありませんなあ」

「じゃあ黙らせるしかないね！」

玲がふざけてありさの首に腕を回し、ヘッドロックをかける。ありさは抑えた悲鳴をあげ、沙良に救いを求めた。

「ふふっ」

二人のやり取りを目の当たりにして、思わず沙良も噴き出した。ありさと玲の息はぴったりだ。ぽんぽんと飛び交う会話の応酬を聞いているだけで、自分まで楽しくなってしまう。

ふと気づくと、将人も沙良と同じようにほほえましそうに二人を見守っていた。今はふざけている場合じゃないと諫《いさ》めてもおかしくない場面だろうに、将人はそんなことを言わない。まじめだが融通が利かないわけではなく、いつも皆のことを考えている。

（こういうとこ、変わってないな……）

思わず胸の奥が熱くなる。恐怖が少し和らいだ気がした。

「それじゃあ、女バレのプロテイン探しと行きますか！」

ひとしきりじゃれたあと、ありさが元気よく女子バレー部の部室に向きなおった。中腰になり、廊下のほうにドアノブを引き開け……、

「え……」

なにげなく部室に入ったありさが硬直した。あとに続こうとした沙良もまた凍りつく。

（うそ……）

部室の中にキスウサがいた。

低い天井に耳がつっかえて折れ曲がっている。

表情のない作り物の目をありさに向け、キスウサは持っていた斧を真横に薙《な》ぎ払った。

「だ……ダメェ！」

考えるより先に身体《からだ》が動いた。

沙良は背後からありさを抱きすくめて覆いかぶさる。死を覚悟したが、それより早く誰かが後ろから思い切り沙良の肩を引いた。

「ああっ！」

右の二の腕に焼けつくような痛みが走る。どろりと熱いものが腕を伝って流れた。

だが、耐えられないほどではない。ガツ、と重い音が目の前で響く。恐る恐る目を開けると、ドアのサッシ枠に深々と斧が刺さっていた。位置的に、後ろから引っ張ってもらわ

なければ、沙良の片腕は切り落とされていただろう。

「逃げて、桃木さん⁉」

将人が木刀を突き出し、キスウサを室内に押し戻す。数歩下がった隙にドアを閉め、自分の背中で押さえた。

「蔓原くん、ダメ……逃げて！」

激しい音が響くと同時に、内側からドアが大きく揺れ、亀裂がいくつも走った。部室に閉じこめられたキスウサが斧を振るい、ドアを破壊しようとしているのだろう。

「柚木さん、桃木さんを頼む！　下に！」

「わ、わかった！」

せわしなく声が交差する。

玲が止血するように沙良の怪我した右腕を押さえ、階段から逃がそうとする。将人をその場に残しておけないと訴えたが、後ろからありさに支えられ、一階まで下ろされた。

「おい柚木、なにがあった！」

二階の騒動に気づいたのか、一階の出入口を見張っていた享司が駆け寄ってくる。

「キスウサが女バレの部室に……！　蔓原がまだ！」

「先に行け。あいつはバカじゃねえ。時間稼いだら下りてくる」

享司が言った時、重い音が二階で響き、続いて将人が階段を下りてきた。息を切らしているが、見たところ怪我はしていない。

（よかった……）

右腕の痛みに耐えながら、沙良は自分のことよりもホッとした。将人は沙良に駆け寄りつつ、素早く廊下にあったロッカーを倒して通路を塞いだ。

「二階もロッカーでつっかえ棒をしたから、少しは時間が稼げるはずだ。どこに逃げる」

「俺がヤツなら、獲物は武道館に戻るだろうと考えるな。逆方向に向かえ。弓道場だ」

木刀を手に、享司がしんがりを務める。

沙良は将人たちとともに、部室棟を出て走った。

外は先ほどよりも日が暮れ、赤紫色に染まっていた。生きた心地がしないまま、隠れる場所のないテニスコートを走り抜け、東門の脇を通って弓道場に向かう。

「沙良！　早く。こっち！」

先頭を走っていたありさが沙良たちを手招きする。

屋外に作られた弓道場は矢道を囲むように、二メートルほどの幕が張られていた。ありさに誘導されて幕の裏に身を隠し、沙良たちは緊張して部室棟を見つめた。

（……来た）

ふらりとキスウサが外に出てきた。特に焦って沙良たちを捜している様子はない。周囲をきょろきょろと見回し、困ったように小首をかしげ、少し拗《す》ねたように足もとの小石を蹴《け》っている。

つい先ほど沙良たちを殺そうとした行動と、その無邪気な仕草がまるで釣りあっていない。沙良はゾッとした。

(こっちに来ないで……!)

部室棟の周りをうろつくキスウサを遠目に見つめ、沙良は必死で祈った。

だが願いもむなしく、キスウサは弓道場のほうに歩いてくる。

「……ひっ」

小さく悲鳴をあげたありさを制し、享司が小声で指示を出した。

「裏まで回りこんでくるなら、むしろ好都合だ。校舎に走って、鍵のかかる教室に入れ」

「いや、待て。引き返していくみたいだ」

同じく様子を窺っていた将人がささやく。

将人の言うとおり、キスウサはなぜか急にきびすを返し、部室棟の脇に建っていた四角い建物に向かった。鉄扉にかかった南京錠を開け、中に入っていく。

少し待ったが、キスウサが出てくる気配はない。

壁の上部にいくつか小窓のついたコンクリート製の建物。その場所こそが旧体育倉庫に違いない。

「はっ。やっぱ、あの中にはなにかあるな」

「今は桃木さんの手当てが先だ。保健室……いや、調理室に向かってくれ」

なにか考えがあるのか、将人が行き先を指定する。わずかに未練のある視線を向けたものの、享司は旧体育倉庫に固執することなく、弓道場の矢道に沿って歩き出した。

(痛い……でも)

足手まといになるのは嫌だった。

沙良はうめき声を殺し、黙って皆に続いた。まるで心臓が右腕に移ったようだ。血は止まったように思えるが、時間が経つごとに痛みが激しくなっていく。

「桃木さん、ごめん。できれば保健室に行きたいんだけど、桃木さんが怪我したことはあのキグルミもわかっているからね。保健室にいたら、また襲われると思うんだ」

「だ、大丈夫。調理室になにかあるの?」

「あそこなら鍵がかかるし、箭竹原が消毒液や包帯を持っているから手当てができる。あと一つ、気になることがあるんだ」

不甲斐《ふがい》なさそうに唇を噛む将人に、沙良は慌てて首を振った。

「もう血も止まったから平気。それよりさっき、引っぱってくれてありがとう」

将人に礼を言った時、矢道の周りに張り巡らされた幕内でなにかがちらついた。

「ひ……っ!」

何気なく視線を向け、沙良は思わず立ちすくむ。

幕の隙間から見える射場《いば》に、天井から吊り下げられた、四つの死体が揺れていた。うつむいているため、顔ははっきりと見えないが、床にいくつか落ちた懐中電灯の明かりと衣服、背格好から予想がつく。

「あ、青井《あおい》くんたち……」

元サッカー部の青井健太《けんた》と伊藤一男《いとうかずお》、安田友臣《やすだともおみ》とマネージャーの卯月桜《うづきさくら》がそろって首を吊っている。見たところ外傷はないようだが、だからといって凄惨《せいさん》さが薄れるわけではなかった。

「青井、マジで死んだわけ……？　助からないと思って自殺したんじゃないよね、アレ」

玲が痛ましそうにうめいた。いくら生前の青井が気にくわなかったとしても、殺されてしまえば話は別だ。

「神林《かんばやし》さんも……」

自分の腕の痛みも一瞬忘れ、沙良はふらりと幕に近づいた。

射場の床に、少女が一人倒れている。吊るされてはいないが、ピクリとも動かないところを見れば、死んでいるのは明らかだ。

……だが、おかしい。着ているものと背格好から神林美智子《みちこ》だろうと推測できるが、彼女ならば確実にあるはずのものがない。

（胸……！）

目を凝らし、沙良は声にならない悲鳴をあげた。

美智子は上半身の衣服がはぎ取られ、豊満な乳房が二つとも、切り取られていた。

「そんな……ひどい……」

よろよろと沙良は後ずさった。思わずへたりこみそうになったところを、とっさに将人に支えられる。

「……行こう。あのキグルミが倉庫から出てくる前に移動しないと」

「でも……でもこんなのって」

今まで堪《こら》えていた感情のタガが外れたのか、急に涙がこぼれかけた。耐えなければならないと頭ではわかっているのに、歯止めが利かない。

思わずしゃくりあげた時、先頭を歩いていた享司が呆れたように声をあげた。

「おい、早く来い。足止めて泣いてると死ぬぞ」

「……っ、ちょっと、そういう言いかたってなくない⁉」

沙良と同じく動揺していたありさが享司に食ってかかる。今まで、どこか享司に距離を置いていた彼女もまた、冷静ではいられないのだろう。

沙良はなんとか、目もとの涙をぬぐい、ありさの腕を引いた。

「りさちゃん、ごめん。もう大丈夫」

「沙良……あ、あたしのほうこそ、その腕、ごめ……」

ありさは沙良の右腕を見て、くしゃりと顔をゆがめた。

部室棟では茶目っ気を出して皆を和《なご》ませてくれた彼女も、内心は限界に違いない。元クラスメイトが殺され、死体が発見されたこと。キスウサが自分の旧友かもしれないこと。襲ってくるその存在に対抗する手段が見つからないこと……。

どれをとっても、悲観的にならざるを得ない。

もしかして、キスウサの狙いは「ソレ」なのだろうか。

残忍な方法で元クラスメイトを殺していき、その死体を見た生き残りたちにショックを与える……。それを繰り返し、キスウサは沙良たちを心身ともに疲弊《ひへい》させ、存分に苦しめたあとに殺す気なのだろうか。

（そんなことにはならない……。私たちは絶対、みんなで帰るんだから……！）

美智子たちに向かってせめて一瞬、黙禱《もくとう》し、沙良は皆とともに弓道場から隣のプールに向かった。

……チャプ……。

プールの脇を通った時、かすかな水音が聞こえた。ヘドロのような色をした冬のプールに、いくつもの黒い物体が浮いている。

（……なんだろ、あれ）

「沙良、どうしたの？　行くよ」

「う、うん」

気になって足を止めたが、ありさに呼ばれて我に返る。今はとにかく安全な場所まで逃げることが先決だ。

目立たないよう、校庭の周りに植えられた常緑樹の陰を移動し、A棟の端にある出入口から中に入る。三階に向かい、中庭側に突き出す形で作られた調理室に入り、内側からしっかりと鍵をかけた。

（よかった……。無事に着けた）

安心すると同時に身体から力が抜け、沙良はくたくたとへたりこんだ。

ありさと玲が駆け寄り、沙良の傷を診てくれる。

丁寧に消毒し、包帯を巻かれ、渡された鎮痛剤をのむ。薬が効けば、痛みは緩和されるだろう。

「ごめん。あたしが不用意にドアを開けたから……」

包帯を巻いた沙良の腕を見て、ありさが深くうなだれた。

「りさちゃんのせいじゃないよ！　キスウサがあんなところにいるなんて、私も考えてなかったもの。というかほんとに、なんでいたのかな……」

キスウサは旧体育倉庫にいるものだと思っていた。だからこそ、外から見られないように注意していれば、部室棟は安全だと考えたのに。

「ほんとに変。……まるで誰かから事前に聞いてたみたいだよね」

妙に静かな声で玲が言った。落ち着いているが、どこか感情が抜け落ちたような声だ。

（玲ちゃん……？）

「俺たちが部室棟に入っていくのを、隠れて見ていたんだろう。俺たちが二階の廊下で話している間に、外の雨どいを伝って部室に侵入したんだ」

将人はなぜか、断定するような口調で言った。普段、事実と自分の推論をきちんと分けて話す彼にしては珍しい。

「それよりも今は調べたいことがある。箭竹原、以前調理室で、あのキグルミがなにかを持ち出したところを見たって言ってただろう。それってどの辺だった？」

「そうだな……確かここだ」

享司は記憶を探るように調理室を見回した。

調理室は中央に通路があり、両脇に調理台が複数置かれている。調理台には流しとコンロが設置され、引き出しには包丁がずらりと収まっていた。

また、教室の後方扉付近には大きな家庭用冷蔵庫が置かれ、後ろの壁に沿って食器棚が並べられていた。食器棚の上部はガラス張りの食器収納スペースで、中央はスプーンやフォークなどのカラトリー入れ。その下に観音開きの扉がついた戸棚がある。

享司が向かったのは冷蔵庫の隣にある戸棚だった。

あとに続いた将人が慎重に扉を開け、眉をひそめる。

「確かに不自然なスペースがあるな……。なにかが入っていたのは覚えてるんだが」

「わかんねえのかよ。使えねえな」

背後から戸棚をのぞきこみ、享司が言葉を選ばずに言う。

将人がイラッとしたように、こめかみをひくつかせた。

「……そうだな。もともと記憶力はあるほうじゃないんだ。教えてくれないか？」

「俺が知るわけねえだろ」

「わからないのに、よくそんなに堂々とできるな!?」

将人が眼鏡を指で押し上げて食ってかかるが、険悪な雰囲気は感じない。キスウサを相手にしている時は心強いのに、なんだか子供みたいだ。

ついついほほえましく眺めてしまった沙良はその時、あることを思い出した。

「……コンロ」

「桃木さん、どうした？　傷が痛む？」

心配そうに腰を浮かせた将人に慌てて首を振り、沙良は食器棚を指さした。

「ここに入ってたの、カセットコンロじゃないかな。りさちゃん、覚えてる？」

「んー、ああ、確かにそうだったかも」

沙良と同じように頭を悩ませていたありさが、ポンと手を打った。

「調理台にガスコンロがついてるのに、なんでカセットコンロがあるんだろうって高校の時、沙良と話したことあったよね」

「そうそう」

「そのあと美術準備室に行った時もコンロがあってさ。近《こん》ちゃんに聞いたら、カノセンに申請を出せばコンロ貸してもらえるから、それでお湯沸かしてコーヒー飲んでるって言われたんだ」

懐かしい名前がありさの口から出る。

沙良たちが一年A組にいた時の担任、美術教師の近藤《こんどう》はちょっと無精者でだらしないが、気さくな男性だった。家庭科の女教師、加納《かのう》が好きで、調理室に足しげく通っているところをよく生徒にからかわれていた気がする。

当時を思い出して懐かしさに駆られたが、同時に沙良は泣きそうになった。あの頃、同じクラスにいた人たちはもう、半数もいなくなってしまった。残った者たちも二組に分かれてしまい、数時間後に自分がどうなるのかすらわからない。

「玲ちゃんは覚えてる？　ここにあったの、コンロだったよね？」

沙良は無理やり意識をそらした。

コンロの話題に集中しようとしたが、玲は沙良以上にぼんやりしていて、呼びかけられてようやく夢から覚めたように瞬きをした。

「あ……ごめん、聞いてなかった。なに？」

「この戸棚に入ってるの、コンロじゃなかったかなって思って」

「うーん、私は全然覚えてないや。舞《まい》ならわかっただろうけどさ。調理実習とかは私、舞に頼りきりだったから」

左手首のブレスレットに触りながら、玲が肩をすくめた。

幼馴染の鳥海《とりうみ》舞と玲は、確か高校三年間同じクラスにいたはずだ。玲はスポーツ万能だが、家庭的なことは苦手で、舞に手伝ってもらうことも多かったのかもしれない。

（玲ちゃんから舞ちゃんの名前、久しぶりに聞いたかも……）

意識して、話題に出さないようにしていたのだろうか。生まれてからずっと一緒だった幼馴染を失った悲しみから目をそむけるために。

「ご、ごめんね。私、気が回らなくて……」

「ははっ、なんで沙良が謝るの。気にしないでいいって。……蔓原、それで？　そこに入ってたのがコンロなら、重要な大発見だったりする？」

話題をそらすように、玲は明るく片手を振って将人に尋ねた。

「ああ。わざわざあのキグルミが持ち出したってことは、なにか理由があるはずなんだ。ものがわかれば、理由が判明するかと思ったんだけど……」

「コンロか……。鍋でも食べたかったのかな」

「鍋……！　あーねえ、話しながらでいいから、なにか食べない？」

ありさが訴えた。先ほど部室棟でも言っていたが、相当空腹らしい。

（そういえば、りさちゃん、高校の時から……）

ありさはストレスを感じると、つい過食気味になってしまうらしい。将来のことで母親や祖母ともめるたび、蔵院高校の売店で山ほどプリンを買いこみ、暴食に走っていたことを沙良は思い出す。ありさ曰《いわ》く、家業を継ぐことは嫌ではないが、日本の服飾史を継承する心構えでストイックに取り組め、と言われると、じんましんが出そうになるらしい。

「結局、部室棟からなにも持ってこれなかったじゃん。新聞部には高めのお菓子とかコーヒーもあったんだよ。なにか食べたい。あったかいもの飲みたい」

「なにかあるかな……。調理実習の時って食材は基本、各自持ち寄りだったよね」

「調理室になにもないってことはないでしょ、沙良。冷蔵庫にお味噌があったら、調理台で味噌汁作れるじゃん。あー、やばい。そんなこと言ってたら、本気で飲みたくなってきた。みそしるみそしる……きゃあああっ！」

ありさが沙良の手を引き、冷蔵庫を引き開けた瞬間、大きく悲鳴をあげた。

「あ、あ……そんな」

沙良も隣で、腰を抜かす。

――冷蔵庫に頭部が二つ、入っていた。

両耳をそぎ落とされた京極かおりと、両目を抉られた橋本優奈。かおりは一年A組で襲われた時に斬られたのか、左目から頬にかけても傷がある。

「う……っ」

冷蔵庫から血臭と腐臭の混ざった冷気が漂ってきて、沙良は思わずうずくまった。せりあがってくる嘔吐《おうと》感を必死で堪える。

「桃木さん、江藤《えとう》さん、見ないで。落ち着いて」

素早く冷蔵庫の扉を閉め、将人が沙良たちの肩に手を置いた。声は穏やかだが、肩に置かれた手は動揺で小刻みに震えている。

「かなり前から、ここに入れられてたみてえだな。間宮たちに武道館を追い出されてすぐ、殺され……おい、なにしてやがる」

「え……？」

沙良は自分が声をかけられたのかと思ったが違った。

享司の視線は沙良の背後に向いている。

「れ、いちゃん……？」

冷蔵庫から一番近い調理台の脇に、少し前から口数が少なくなっていた玲がいた。

その手に、刃渡り二十センチほどの包丁が握られている。

5

玲《れい》は一見、激昂するわけでもなく、落ち着いていた。

むしろ感情が抜け落ちてしまったように無表情で、肌が透き通るほど青白い。普段から冴え冴えとした美しさを誇っていたが、この時はまるで戦《いくさ》の女神のような凄味《すごみ》があった。

「柚木《ゆずき》さん、落ち着いて、それをしまうんだ」

将人《まさと》が緊張感を面《おもて》に出さないよう、抑えた声音で玲に言う。

その声が聞こえているのかいないのか、玲は静かに冷蔵庫の扉を見つめた。

「聡子《さとこ》たちが殺したんだね」

「違う。京極《きょうごく》さんたちを殺したのはあのキグルミだ」

「聡子たちが追い出したから殺されたんだよ。……それにさっきから気になってたんだ。なんでキスウサが女バレの部室にいたんだろうって。あれ、聡子たちがキスウサに密告したんでしょ」

玲はそれが事実だというように断言する。嫌な予感が当たってしまったと言いたげに、将人が顔をしかめた。

「そうと決まったわけじゃない。彼女たちは武道館から出ていないんだぞ」

「道場から出て剣道部の部室脇に行けば、内線用の電話がある。部活の時、こんなところに電話があるんだねって聡子と雑談したことがあったんだ。その電話で、あの子が私たちの行先を告げ口したから、キスウサは部室で待ち伏せしてた……。裏切り者だよ。自分の命可愛さに、仲間を売った。あんな連中、生きてる価値もない！」

玲が手にした包丁を握りしめた。左手首にはめたブレスレットが、ちゃり、と澄んだ音を立てる。

「やめとけ。一般人が武器持ってどうする」

仕方ない、とばかりに享司《きょうじ》も口を開いた。面倒くさそうな口調だが、声音は今まで聞いたことがないほど、ひやりとしている。

「人間同士で殺し合うつもりか？」

「人間は殺さないよ。舞《まい》に顔向けできないことはしない」

「武道館にいる連中は人間だ」

「敵、で、キスウサの仲間。他につける名前がある？」

玲は一歩も引かず、享司をにらみ返した。

「大体、箭竹原《やたけばら》、あんたヤクザなんでしょ。親が、じゃなくて、あんた自身が。違う？」

「違わねえが、それがどうした」

「ボーリョク団の一員。つか未来の親玉。あんたに人殺しを咎《とが》める権利があるわけ？」

「どんな権利の話をしてんのか知らねえが、俺は人を殺したことなんてねえし、殺す気もねえよ」

　享司は冷ややかな目を玲に向けた。

「人殺しが褒められた時代ならともかく、今、道から外れてどうする。そこの弁護士だか裁判官だかの卵も守っちゃくれねえぞ」

「弁護士と裁判官を一緒にするなと言いたいが、俺も箭竹原におおむね同感だ。こんな状況だからこそ、俺たちは人を殺しちゃいけない」

　将人も説得に回ったが、玲は全く聞く耳を持たない。苛立《いらだ》ったように将人と享司に包丁を突きつける。

「うるさい。きれいごとしか言えないヘタレ男どもは邪魔しないで。自分の手を汚したくないなら、ここで隠れてればいい。あとは私が片をつける！」

「……ったく、仕方ねえな」

　享司がさりげなく一歩分足を開く。玲の隙をついて包丁を取りあげるつもりなのかもしれない。

　キスウサを何度も撃退してみせた享司ならばできるだろうが、もし失敗したら？

もみ合う拍子に、玲か享司が怪我《けが》をしてしまったら？

「だ……ダメ！」

冷静に考える余裕もなく、沙良《さら》は玲が包丁を持っていないほうの腕に飛びついた。

「やめて……玲ちゃん、お願い、お願い！」

「ちょ……沙良、危ないから！」

「包丁はダメ！　お願い、考え直して！」

復讐をしてもかおりたちは喜ばない、とは言えなかった。もしかしたら二人は死んでも死にきれず、敵《かたき》を取ってほしいと思っているかもしれない。

だから、玲に思いとどまってほしいのは沙良のエゴだ。いつも毅然《きぜん》として正義感が強く、優しくて公平な玲が血相を変え、誰かを殺してやると叫ぶ姿を見たくなかった。

「ごめん……ごめんね、でも私、私は……痛っ……」

必死で玲にしがみついたせいか、部室棟でキスウサに斬りつけられた右腕がずきりと痛んだ。思わず息をのんだが、それでもここで自分が手を放したら、玲は去ってしまう気がする。

沙良は痛みを堪《こら》え、なおも玲の腕に抱きついた。

「ごめん……」

やがて、玲が小さくうめいた。

「わかった。……ごめん、私、どうかしてた」

続いて大きく息を吐く。玲は包丁を手放し、その場に座りこんだ。疲れたように髪をかきあげる玲の目に、先ほどまでの激情はない。シャラ、とブレスレットを鳴らし、玲は沙良の頭に軽く手を載せた。

「泣かないでよ。沙良を泣かせたかったわけじゃない」

「玲ちゃん、落ち着いた……？　よ、よかった……」

指摘されると、本当に涙があふれそうになる。緊張の糸が切れ、沙良も一緒に座りこんだ。

おずおずとありさも近づいてきた。冷蔵庫の中を最初に見てしまった衝撃がまだ残っているようだが、そっと玲のそばに膝をつく。

危機は去ったと判断したのか、将人が玲の落とした包丁を拾い、調理台に戻した。

「さすがだな……。今のは内心冷や汗をかいたけど」

「普通刃物の前に飛び出さねえだろ。怖いもの知らずってのはこれだからやべえんだ」

将人と享司が小声で言葉を交わしている。呆れたような、感嘆したような口調に、沙良はいたたまれなくなる。

「で、でも玲ちゃんが本気で誰かを傷つけるわけないって思ったから」

慌てて言い訳をすると、玲が泣きそうな顔で苦笑した。

「そう言ってくれる沙良を裏切るところだったよ……。私、舞のこと守れなかったからさ。沙良とかありさとか橋本《はしもと》さんみたいな『いい子』を守って、もとの世界に帰してあげたかったんだ。なのに橋本さんが殺されて……ちょっと絶望した。ゴメン」

「まだ諦めるのは早いだろう。柚木さんがいないと俺たちも困る。頼りにさせてくれ」

調子を取り戻したように将人が言うと、玲は神妙にうなずいた。

「醜態晒《しゅうたいさら》してごめん。挽回《ばんかい》させてよ。今度はちゃんと聞くからさ」

なんの話をしてたっけ、と玲が話を戻した。

とはいえ、玲が包丁を持ち出す前になんの話をしていたのか、沙良にはすぐ思い出せなかった。冷蔵庫の中を見た時点で、直前の会話の内容が頭から吹き飛んでしまっている。

しかし沙良とは違い、将人は即答した。

「食器棚から持ち出されていたのがカセットコンロかどうかって話だ。よく桃木《ももき》さん、覚えていたね」

「あ……実は普通に忘れてたの。でもプールに浮いてたのがコンロだったんじゃないのかなってとっさに思いついて」

「プールに浮いていた？」

不思議そうに首をひねる将人を見て、そういえば、そのことを誰にも話していなかったことを思い出す。沙良は慌ててうなずいた。

「弓道場から逃げる時、プールに黒いものがいくつも浮いてたの。しっかり見たわけじゃないけど、なんとなくコンロだった気がして……私、なにかいけないことした、かな」

難しい顔で黙りこんでしまった将人を見て、沙良は不安になった。

「いや、話してくれてありがとう。おかげで少しわかった気がする」

「……?」

「実は昨日、箭竹原が煙草を持っていたんだ。職員室の近藤《こんどう》先生の机から勝手に拝借したらしいんだけど」

ややあてつけがましく視線を投げた将人を、享司が平然と無視する。

(近藤先生、確かヘビースモーカーだったよね)

沙良たちが一年の時も、そばを通るとよく煙草の匂いがしていた。

そんな近藤ならば、職員室の机に煙草を常備していてもおかしくはないが、それがカセットコンロの話とどうつながるのだろう。

不思議そうな沙良たちの視線を受け、将人は話を続けた。

「煙草は見つかったけど、ライターやマッチはなかったらしいんだ。しかも、近藤先生だけじゃなくて、どの机にも火器類は入っていなかったらしくてね」

「それ、偶然じゃない、んだよね……?」

「一つもないとなると、さすがにね。多分、あのキグルミが回収したんだ。それだけじゃなくて、調理室からカセットコンロを持ち出して、プールに沈めている。箭竹原が俺たちと合流する前、あのキグルミは化学室にも入っていったらしいけど、それがアルコールランプやガスバーナーを回収する目的だったなら……」

「ま、まさか武道館を燃やす気とか？」

火器を集める理由を考えて、沙良は小さく悲鳴をあげた。

「いや、カセットコンロ程度じゃ、何十台使っても建物は燃やせないよ。俺はむしろ『逆』なんだと思っている。自分が使うつもりなんじゃなくて、俺たちに使わせないつもりで回収したとしたら……あのキグルミの弱点は『火』なんじゃないかな」

「火が弱点……!?」

ハッと息をのんだ沙良たちを見回し、将人は言った。

「それなら、学園中の火種を回収してもおかしくないだろう？　キグルミだから、燃やされたくないのかもしれない」

キスウサに弱点があるかもしれない……。そのことに沙良は目の前が明るくなった。キスウサが火を苦手とするなら、自分たちは逆に、火を手に入れればいい。

「現時点で回収された火器類は多分、全部プールに捨てられているだろうけど……学内は広いんだ。あのキグルミが回収し忘れているものもどこかに絶対あるはずだし、心当たりはないかな？」

「じゃあ美術準備室！　近《こん》ちゃん、あそこにコンロ置いてたよ」

ありさが勢いよく手をあげる。

「確かに行ってみる価値はあるな。……あと体育館だ。館内の倉庫に灯油ストーブがいくつかあったはずだし、確か灯油保管庫も体育館に……」

将人の言葉に皆がうなずいた時、沙良は妙な音を聞いた。

チキ、キチキチ……と、かすかに金属を引っ掻くような音がどこかで鳴っている。できるだけ音を立てないように、密かになにかをしているような……。

違和感を覚えて周囲を見回し、沙良は喉《のど》の奥で悲鳴をあげた。

「鍵……！」

調理室の後方の戸にかけていたはずの鍵がゆっくりと回っている。真横だった鍵が、次第に動いていき……。

――カチン。

小さな音を立てて鍵が縦になった途端、戸がそうっと開いた。

「……ッ!!」

五センチほど空いた隙間から、キスウサの片眼がのぞく。

（い、いつから）

美術準備室と体育館に火器があるかもしれない、という話を聞かれただろうか。

享司が壁に立てかけていた木刀を素早く摑んだが、他の者は動けない。そんな沙良たちを嘲《あざけ》るように見つめ、キスウサはおもむろに、なにかを調理室に投げ込んだ。

ソフトボール大の物体だ。

一瞬、手りゅう弾かと思ったが、「ソレ」は床に落ちても爆発しない。いったいなんなのだろうと目を凝らし……今度こそ沙良は悲鳴をあげた。

（手……！）

ほっそりとした五本の指がついた、女性の手首だった。爪にも指にも血がこびりついていて、その指に、沙良も見覚えのある金細工のブレスレットが絡まっている。

玲が手首にはめているブレスレットと同じものだ。それを持っているのは、

「舞……」

切り落とされた手首を見つめ、玲が呆然《ぼうぜん》と呟《つぶや》いた。紙のように顔が白くなっている。

『クケケ！』

鳥のように甲高く笑いながら身体《からだ》を揺すり、キスウサが扉から身を離す。玲を指さしてがくがくと笑い転げ、立ち去ろうとする。

「待ちなあっ!!」

その瞬間、激昂した玲が床を蹴《け》って戸に突進した。

沙良が引き留める暇《ひま》もない。体当たりするようにして戸を開け、玲は廊下に躍り出る。

待ち構えていたように、廊下にいたキスウサがなにかを振りあげた。

巨大なトンカチだ。刃はないにしても、肉切り包丁で人間を切り刻むキスウサの力があれば、それでも十分凶器になる。

「……っ、あぁっ！」

玲の左肩にトンカチが埋まり、骨を砕くような重い音が響いた。だらりと玲の左肩が垂れ下がる。

その場に崩れ落ちた玲めがけて、なおもキスウサがトンカチを振りあげた。

「玲ちゃん！」

沙良は夢中で飛び出し、玲を押し倒した。沙良の髪をかすめ、トンカチが空を切る。部室棟で斬りつけられた傷が開いたのか、鋭い痛みが右腕に走り、沙良はうめいた。

早く立ちあがって、玲を連れて逃げなければならない。

だが、キスウサが再びトンカチを振りかぶる。

うなりをあげて迫りくる鉄の塊《かたまり》に、沙良が思わず目を閉じた時だ。

「させるかよ！」

沙良たちとキスウサの間に、享司が割って入った。

トンカチを振り下ろすキスウサの腕を絶妙なタイミングで殴り、軌道がそれた瞬間、すかさず胸もとを蹴りつける。ズサッとキスウサの脚が廊下を滑り、距離が開いた。

「さがってろ」

体勢を立て直して突撃してくるキスウサに応戦しながら、享司が言う。

沙良は享司の背中を見ながら、玲をかばって後ろに下がった。腰が抜けてしまったのか、立ちあがれない。

沙良たちを狙うには享司が邪魔だと判断したのか、キスウサが苛立たしげにうめいた。

『――ア、リ、サァ……』

ボイスチェンジャーを使ったような甲高い声だった。沙良が最初、西門の脇で聞いた校内放送と同じ声。

(ありさ……?)

キスウサの声が人の名前に聞こえた気がして、沙良は混乱した。それが自分の親友の名前だと気づくのに、一秒ほどの時間を要する。

『ア、リサ……イッ……コイツ、押サエテ……』

キスウサが享司を指さし、悪意に満ちた声で言う。

名前を呼ばれ、調理室にいるありさが絶叫をあげた。

一瞬、享司の注意が調理室にそれる。それを待っていたかのように、キスウサが享司の頭めがけて、渾身《こんしん》の力でトンカチを振り下ろした。

「うわああっ!」

その時、第三者の声が廊下に響いた。勇ましいとは言えないものの、完全にキスウサの意表をついていた。

調理室の前扉から飛び出した将人が、背後からキスウサに体当たりをする。受け身も取れず、キスウサが頭から廊下に倒れた。

「そのまま押さえとけ！」

享司が加勢に向かう。

二人がかりで来られてはまずいと焦ったのか、キスウサの抵抗が激しくなる。だが、将人がその背に乗り上げ、頭部を押さえこんだ。

享司がキスウサの頭部に手を伸ばす。

その手が触れそうになった時、キスウサは金切り声をあげて身をひねり……ずるん、と将人の押さえていた被り物の頭部から、頭を引き抜いた。

「ヒ……ッ！」

将人を振り落として起きあがった顔を見て、沙良はひきつった悲鳴をあげた。

まず目に飛び込んできたのは、赤黒い肉の塊。

ぐちゃぐちゃとした肉塊の中に、白い小石のような粒状のものが二列、並んでいる。

それが上下の歯だ、と気づいた瞬間、沙良の頭の中で、目の前の「もの」が人間の頭部と一致した。

鼻と耳は溶け落ちていて、目もとも片方は炭化している。かろうじてついている片目はまぶたがなく、やや前方に飛び出している。髪はほとんど燃え、残った髪も頭皮ごと剝《は》がれ、顔の脇にぶら下がっていた。

プンと焦げ臭さが漂ってくる。

「――……ッ」

どこかで誰かが叫んでいた。

キスウサは石像のように固まる沙良たちの視線から逃げるように、将人の手からキグルミの頭部を奪い取ると、よろめきながら走り去った。凶悪な殺人鬼のはずなのに、その背中はみじめで恥ずかしそうで、この上なく哀れに見えた。

「……イヤアッ」

叫んでいるのは自分だ、とようやく沙良は気づいた。喉の奥がひりつき、激しい咳《せき》が出るまで悲鳴が止まない。

「……ハ、ハハ……ヒッ……」

調理室内でありさの笑い声がする。

「ハハ、ヒ……アハハ……」

「り、りさちゃん……」

ろくに立てないまま、沙良は這《は》うようにして調理室に向かった。

ありさは床に座り、焦点の合わない目を虚空《こくう》に向けて延々と笑っている。けたけたと笑い続けるありさを抱きしめ、沙良は泣きそうになった。

「あんなふうに名指しされたら無理もない。ショックで一時的に混乱しているんだろう」

肩で息をしながら、将人が沙良たちの隣に膝をついた。口もとが赤く腫《は》れ、血が出ている。押さえこんでいたキスウサが暴れた時、腕が当たったのかもしれない。

「つ、蔓原《つるはら》くん、口……だ、だいじ」

「ああ、大丈夫。ちょっとかすっただけだよ。桃木さんこそ腕の傷が……」

「へ、平気」

震えるあまり、うまく言葉がしゃべれなかった。将人が食器棚のコップで水を汲んで手渡してくれる。沙良はなんとかコップを摑んだが、激しく手が震え、口まで運べそうになかった。

苦い顔をして戻ってくる享司にうなずき、将人は大きく息を吐いた。

「驚いた……アレは毒川《ぶすかわ》さんなのか？　キグルミの中身が彼女かもしれないとは思っていたが、アレはさすがに予想外だった」

「あ、アレ……なんで、あれ……」

どんなに振り払おうとしても、先ほど見たキスウサの「顔」が脳裏《のうり》から離れない。

沙良は毒川塁子《るいこ》の顔を知らないが、もし知っていたとしても同一人物だと断言することはできなかっただろう。現に、将人たちも確信は持てていない。

それに、毒川昱子は首を吊って自殺したはずだ。武道館での話し合いで将人はそう言っていたし、誰もが死因については異を唱えなかった。

しかし先ほど見たキスウサの中身は、どう考えても……。

（や、焼け死んだ、みたいな）

「どうやら俺たちは考え違いをしていたみたいだ」

やがて、将人が重苦しく言った。

「……え？」

「あれが毒川さんだとしたら、彼女は首吊りではなく……と、柚木さんはどこだ？」

皆を見回した将人が、そこで慌てて立ちあがった。

玲なら近くにいるはずだと言いかけ、沙良もやっと異変に気づく。

玲がいなくなっていた。そういえば、廊下で彼女をかばったあと、その姿をきちんと見ていない。

「馬鹿が……！」

改めて廊下を確認した享司が舌を打った。沙良たちと同じようにキスウサの顔を見たはずだが、彼に動揺は見られない。だが、本当に平常心だったなら、玲がいないことにもっと早く気づいたはずだ。

「自分の意思で行動した奴なんて知るか、と言いてえんだがな」

　享司は素早く調理室の床に落ちていた舞の手首に近づいた。指に絡まったブレスレットだけを抜き取ってズボンのポケットに入れると、木刀を手にしてきびすを返す。

　彼がどこに行こうとしているのかわからないまま、沙良はその背中を見送った。

「悪い。頼んだ」

　将人が享司に声をかける。

「そっちは」

「大丈夫だ。なんとかして火器を手に入れる」

「下手は踏むなよ。どうも嫌な感じだ」

　去り際、享司が嫌そうに顔をしかめた。

「振り回されてる。俺ら全員が」

「ああ。あのキグルミは本気で俺たちを皆殺しにするつもりなんだろう。混乱させて、暴走するように仕向けて……このままじゃ全員」

「少なくともお前が崩れたら、そっちは共倒れだな」

　言葉を選ばない享司に、将人は硬い表情でうなずいた。

「わかっている。まだ大丈夫だ」

　享司は肩をすくめ、調理室から出ていった。

将人は見送らない。おもむろにガスコンロのつまみをひねり、炎が出ないことを確認すると、すぐにへたりこんだままの沙良たちのそばに戻ってくる。

「二人はここにいてくれないかな」

「え……？」

「あのキグルミはさっき、調理室に突撃してくるんじゃなくて、柚木さんを挑発して、廊下におびき出しただろう？　多分、ガスコンロに近づきたくなかったんだと思う。ガス自体は止めたのに、それでも……」

「中に入ってこれなかった……？」

「うん。あのキグルミの中身が毒川さんだとすると、つじつまが合う。彼女は首を吊ったんじゃなくて、多分焼身自殺をしたんだ。だから火を恐れる。幽霊の中には特定の事柄を極端に怖がる奴がいると本で読んだことがあるから」

「そうなの……？」

「都市伝説の口裂け女は、自分の口を裂いた美容外科医がポマード臭くてたまらなかったトラウマから、『ポマード』と三回唱えると逃げていく、といった逸話があるよ。他にも、同じような例はいくつもある」

だから、と将人は自分に言い聞かせるように一呼吸置いた。

「俺は火器を探してくる。多分調理室には入ってこないだろうけど、念のため、準備室のほうに隠れていてほしい。内側からバリケードを築いて、俺が帰ってくるまで絶対に開けないで」

「そんな……私たちだけ安全なところにいるなんてできないよ！　玲ちゃんも、箭竹原くんも外にいるのに……」

いまだ、力なく笑い続けているありさの手を握りしめ、沙良は途方に暮れた。

皆が離れ離れになってしまうことが、たまらなく不安だった。なんとかしたいのに、なにも思いつかない自分が不甲斐《ふがい》なかった。

「玲ちゃん、キスウサを追いかけたの？　中央階段を下りて、そっちから……」

「多分そうだと思う。鳥海《とりうみ》さんの死体を粗末に扱われて、相当怒っていたから。でも、そっちは箭竹原が捜してくれている。大丈夫だ」

「でも、私も」

「いや、今の江藤《えとう》さんを連れ歩くのは危険だ。かといって、一人でここにいてもらうのも心配だから、桃木さんがついていてあげてほしいんだ」

「でも……」

将人の言っていることはよくわかる。頭の冷静な部分では、将人に従うべきだと沙良自身もわかっていた。

それでも離れたくなかった。ここで別れてしまったら、もう二度と生きて会えないような気がしてしまう。

でも、と涙ぐむ沙良を見て、将人は一瞬眩しそうに目を細めた。

「こんな時なのに、桃木さんは人の心配をするんだね」

「それは蔓原くんのほうだよ！　危ないってわかってるのに、今も……」

「俺たちは、仕方ない」

諦めたように将人は笑った。

「もちろん諦める気はないよ。……でもここに連れてこられた心当たりがある以上、無関係とは言えないから」

「でも蔓原くんはブ……塁子さんのいじめとは無関係なんでしょう？　一緒になっていじめてたわけじゃないんだよね!?」

「うん、俺はいじめの事実すら知らなかったけど……毒川さんはそれが許せなかった気がするんだ。今度は無関係とは言わせない、と訴えられている気がする」

将人は重くため息をついた。

「でも桃木さんだけは完全なとばっちりだ。きみだけはなんとしてでも、もとの世界に帰らないと」

「そんなの嫌だよ！」

沙良は思わず声を荒らげた。

きみだけは無関係だと言ってくれるのは将人の優しさだとわかっていたが、そう言われても嬉しくない。むしろ一人だけ、仲間外れにされているようだ。

「みんなで……今、残ってる人たちみんなで帰らなきゃ意味ないよ。誰か一人だけ、なんて言わないで……」

「ごめん。そういうつもりじゃ」

うつむいて涙を堪えた沙良を見て、将人がハッと息をのんだ。少し迷った末、ぎこちなく沙良の肩に手を置いた。

「悪かった。無神経だった」

「復讐されて当然だなんて、そんなこと絶対にないよ……」

「ありがとう。キグルミの中身が衝撃的すぎて、自分で思っていた以上に悲観的になっていたみたいだ。あんな姿になってまで襲ってくるんだから、俺たちのほうに罪があるんだと……」

将人は深呼吸をした。ようやく息をすることを思い出した、というように。

「事件当時、俺たちが担任から聞かされたのは、毒川さんが首を吊り、数時間後、守衛の警備員に発見されたけど手遅れだった、という話だけだったんだ。そのあと、自殺現場の旧体育倉庫はブルーシートで覆われ、そのまま取り壊された。校内で自殺者が出たために、学校側が過敏になっているのかと思ったけど、焼身自殺なら、現場に痕跡が残っただろう。

それを除去できず、結局旧体育倉庫を取り壊すことにしたのかもしれない」

将人の言葉は全てが曖昧《あいまい》だった。

沙良もそれに気づいたが、指摘することはできなかった。将人が冷たい人間だとも思えない。

ただ、正しい死因すら知られていなかった毒川塁子のことを考えると、言い知れない哀れさを覚えた。元クラスメイトを容赦《ようしゃ》なく虐殺していく恐ろしい殺人鬼には変わりがないが……。

「じゃあ、俺は行くよ。桃木さんも、江藤さんを休ませてやってほしい。確か扉の脇に懐中電灯があったはずだ」

将人は沙良たちを調理準備室に誘導し、扉の隅に設置してある備え付けの懐中電灯を渡した。声も仕草も、先ほどよりは落ち着いている。

「わ、わかった。蔓原くんも気をつけてね」

「ありがとう。またあとで会おう」

細かな指示を出したあと、将人はゆっくりと扉を閉めた。その途端、驚くほどの暗闇《くらやみ》に包まれ、沙良は思わず身を震わせた。

（外……いつの間に……）

先ほどまではまだ夕焼けが残っていたはずだが、調理準備室は真っ暗だ。手のひらほどの幅の細い窓があるが、その奥にも闇が広がっている。

将人たちといる時から暗かったはずだが、その時は気にならなかった。それだけ、彼らを頼りにしていたのだろう。

沙良は震える手で懐中電灯のスイッチを入れ、小さな灯りを頼りに、準備室の机や椅子でバリケードを築いた。調理準備室は調理室からしか出入りができないため、一カ所の扉を封鎖すれば安全なはずだ。……おそらく。

「は……」

数十分後、扉を完全に塞ぎ、沙良は大きく息をついた。

ここまでやれば安心だ。

へとへとになりながら、沙良は扉から一番離れた壁の隅に向かった。そこでありさが膝を抱え、ぼんやりと座っている。先ほどまでのヒステリックな笑いは落ち着いていたが、まだ一言もしゃべらない。

「りさちゃん、待たせてごめんね」

肩を並べ、隣に座る。手にした懐中電灯の明かりが、思っていた以上に頼もしかった。

(玲ちゃん、大丈夫かな……)

享司があとを追ったのだから、きっと大丈夫だと思うものの、不安は冷気のように這い上ってくる。

隣でありさが小さくくしゃみをした。

袴《はかま》姿の彼女に気づき、沙良は自分のコートをその肩にかけた。

「少し眠ったら？　大丈夫。私がいるからね」

染み入るような寒さを堪え、沙良は精いっぱい明るく言った。

「昨日も結局、二時間くらいしか寝られなかったもんね。というか、次に起きたら、全部夢だってことになるかもしれないよ。私は家に帰る途中の電車の中で、りさちゃんは家で着付けの真っ最中なの。私、降りないで終点駅まで行っちゃってたらどうしよう。この前もね、私、大学の帰りに寝すごしちゃって……」

「ふ……」

とにかくしゃべり続けていると、ありさが小さく息を吐いた。ただ息をしただけのようにも、淡く笑ったようにも聞こえた。

「沙良はなにも聞かないんだね」

やがて、ありさがぽつりと言った。沙良が顔を向けると、彼女は床に落ちた懐中電灯の明かりを見つめながら、抱えた膝に顔をうずめた。

「さっきのこと。き、聞こえてたよね……？」

「キスウサがりさちゃんの名前を呼んだこと？」

それは沙良も内心、気になっていたことだった。キスウサが毒川塁子なら、元クラスメイトのありさを知っていても不思議ではないが、それにしては……。

「りさちゃん、塁子さんと友達だったんだね」

今思うと、自分たちが一月十四日の校舎にいると判明した時から、ありさの脅《おび》えかたは異常だった。キスウサが毒川塁子だとわかった時も、へたりこんで呆然としていたし、そのあとも明るく振る舞いつつ、ずっと緊張していたように思う。

「ただの元クラスメイトが襲ってくるのと、友達が襲ってくるのとじゃ、全然違うもんね。気づけなくてごめん……りさちゃん、一人でずっと抱えてたんだね」

沙良の言葉に、ありさはこくりとうなずいた。すん、と鼻をすすり、小さく肩を震わせる。今までどうしても言えなかったことをやっと告白するように。

「同じクラスになったのは中一だけだったんだ。あたしもルイルイも、蔵中《くらチュー》にいて……その時は、普通だった。ルイルイ、すぐ『死ね』とか『殺すよ?』とか言う子だったけど、あたしもスルーできたし、悪い子じゃなかったし。でも中二でクラスが別れたあと、ルイルイはいじめられるようになって……」

「うん……」

「あたし、気づかなかったんだ。中二の時は別の子と仲良かったし。それで蔵高《くらコー》に入って、A組でまた同じクラスになったけど、その時はもう、ルイルイはあたしのことも敵認定って感じで……誰もいない時に声かけても『卑怯者《ひきょうもの》は死ね!』って言われちゃって、もうなにもできなくて」

ありさはぎゅっと膝を抱え、苦しそうに胸の内を吐露《とろ》した。

「ルイルイを助けられなかったこと、後悔してるんだ。でも同じくらい、あたしはルイルイが怖かった。どこでやりかたを調べたのかわからないけど、呪いの魔方陣とか作りはじめちゃって……」

「呪いって……やっぱりこれも」

「わ、わかんない。なんか藁《わら》人形とか、こっくりさん系のやつもあったし、よくわかんないのもいろいろやってたから」

ありさも塁子が耽溺《たんでき》していたオカルトについては詳しく知らないようだった。ただ、中高生の多感な時期に、呪術のような代物にのめりこんでいれば、周囲から敬遠されてしまうのは間違いない。それが塁子の本来の性格だったのか、いじめられたがゆえにオカルトに救いを求めるようになったのかはわからなかったが。

「なんか悪循環だね」

いじめられるからオカルトに縋《すが》り、オカルトにのめりこんでいるからいじめられる……そんな構図が見えてしまう。

「いじめてた人が誰なのか、新聞部の調査でもわからなかったの？」

玲は以前、塁子が死んでしまったため、犯人捜しはしなかったと言っていたが、ありさはどうだったのだろう。新聞部で情報通で、しかも友人だったありさなら、密かに調べていたのではないだろうか。

「……間宮《まみや》さん」

しばらく黙っていたものの、ありさは押し殺した声でぽつりと言った。

「え……っ？」

「いじめの犯人は間宮さんと嵐山《あらしやま》だよ。それと青井《あおい》たちサッカー部の一部。学校が終わってから校外でいじめてたから、クラスの人は気づかなかったんだと思う」

「間宮さんがなんで……」

「きっかけは些細《ささい》なことだったみたい。中二のいつだったか、ルイルイのクラスで男子たちが、美少女投票をやったんだって」

ありさは当時を想像してか、ぶるりと身を震わせた。

「その時、青井たちが組織票入れたせいで、ルイルイが一位になったみたい」

「塁子さんって可愛かったんだね」

「ううん、超ブスってわけじゃないけど、根暗だったし、まぶたが分厚くて、口もへの字で、なんかいつも怒ってるみたいな……そういう感じだったから、普通だったら多分、一票も入らないで終了だったと思う。青井たちも本気で投票したわけじゃなくて、目立たせて恥かかせてやろうとしたって噂。でも間宮さんが激怒して……」

「怒ったって……でもそれ、ただのお遊びなんだよね？　悪趣味だけど……」

「そう。でも間宮さん、あの頃から、いずれアイドル界の頂点に立つって豪語してたからさ……。投票をやり直そうって話も出たのに、一度出た結果は変わらないって怒りくるったって。ルイルイもそこで謝っておけばよかったのに、『禿《は》げ眉がうるさい』って挑発したらしいんだ」

「はげまゆ？」

「あ、間宮さん、幼稚園の頃に眉部分に縫うような怪我をしたから、今も一部分、眉毛が生えないみたい。そうは言っても、普通に眉ペンで隠せるレベルだよ」

それは成人間近の沙良にとって、ただの「子供の喧嘩《けんか》」としか思えなかった。中学生という多感な時期だからこそ、ヒートアップしたのかもしれないが、少女が一人死んだ事件の発端にしては、あまりにも馬鹿げている。

美少女投票なんて遊びがなければ、青井が妙ないたずらをしなければ、その結果を瑠華《るか》奈《な》が本気にしなければ……毒川塁子に対するいじめは起こらなかったかもしれない。

「直接いじめてた間宮さんたちの他にも、ネットに誹謗《ひぼう》中傷を書く人もいたみたい。『今日のブス』ってブログを作って、盗撮写真載せたり、いろいろ。そういうのがあったから、ルイルイはあたしたち全員を恨んでるのかも」

「ひどい、そんなものまで……。りさちゃんはそれ、見た？」

「ううん、噂だけ……。新聞部で聞きこみ調査した時、そういうブログが作られてたらしいっていう話は聞けたけど、結局ブログは見つからなかったんだ」

沙良たちは小学生の頃からインターネットに慣れ親しんでいるが、その分、情報処理の授業はしっかりと行われる。自分や友人の個人情報は不特定多数の目に触れる場所に晒してはいけない、と教師たちから口を酸《す》っぱくして言われているのに。

(そんなことされたら……私だって生きていけないって思うかも)

絶句する沙良の肩に、ありさはことんと頭を載せた。

「許してくれるかわからないけど……ルイルイに謝りたいな。いじめ、止められなくてごめんって。距離置かれても、自分から助けにいけなかったことも」

「……うん」

ありさの重みを肩で受け止めながら、沙良がぎゅっと膝を抱えた時だった。

――コンコン。

不意に調理準備室の扉がノックされた。

＊　＊　＊

沙良たちと別れ、将人は一人、中央棟の三階階段を速足で下りていた。

もう日が暮れ、窓から差し込む月明かりが、ぼんやりと周囲を照らすのみだ。今、校内ではキスウサと玲、享司がそれぞれ動き回っているはずだが、凹の字型校舎に人影はなく、物音一つしなかった。

まるで、全員消えてしまったかのようだ。

「……ッ」

たった一人で蔵院《くらいん》高校に取り残されたのではないかと想像し、将人は一瞬戦慄《せんりつ》した。

(落ち着け。そんなはずはない)

眼鏡を指で押し上げ、呼吸を整えようとする。しかし、意識すればするほど、自分の呼吸音が激しく響く気がして、ついに将人は階段の踊り場で、壁に寄りかかってうめいた。

(早く行かないと)

ひたすら、それだけを自分に言い聞かせる。

美術準備室には近藤教諭が持ち込んだカセットコンロがあるはずだ。体育館にも灯油があるはずだし、行ってみる価値はある。だが、

(その二カ所のことはあのキグルミにも聞かれた……)

今から急げば、間に合うだろうか。それとももう回収されてしまっただろうか。

とにかく現場に行って確かめなければ、と思うのに足が動かない。

恐ろしかった。同じ場所に向かうのだから、キスウサに遭遇する危険は高い。

将人には並はずれた体力も腕力もない。一人でいる時に襲われたら、多分助からない。

「しっかりしろ」

自分に言い聞かせるように呟く。

相手よりも先に現場に着けばいいだけの話だ。今から見つかった時のことを考え、脅えている場合ではない。

頭ではそう、わかっているのに。


『つ、つるはらくん……っ、ですか』


「……！」

突然、少女の声が聞こえた気がして、将人はハッと息をのんだ。

反射的に周囲を見回したが、廊下に動く影はない。

（ついてきているはずがない）

彼女は今、親友とともに安全な場所に隠れているはずだ。それに今の声は、つい先ほどまで聞いていたものよりもやや若い。

（あれは……いつのことだっただろう）

あまりにも他愛なくて、今まで忘れていた記憶がよみがえる。

確か、将人が高校一年の二月頃だ。一カ月前に起きた衝撃的な事件のことを一年A組の誰もが忘れられず……しかし誰も口に出せなかった頃のこと。

時期外れの編入生が将人のクラスに入ってきた。


『つるはらくん……あ、つたはら、くん……？』

『つるはら、であってるよ。なにか用かな、桃木さん』

中央棟四階の廊下を歩いていた将人は、声をかけられて振り返った。B棟四階の図書室で借りた数冊の本の上に、廊下でうっかり出会ってしまった担任から渡されたプリントを大量に載せられ、内心恨み言を呟いていた時のことだ。

もうすぐ昼休み終了のチャイムが鳴る頃、背後に小柄な編入生、桃木沙良が立っていた。

将人の名字を間違えたことを赤面して謝りながら、沙良は恐る恐る手を出した。

『プリント、運ぶの手伝う？』

『いや、大丈夫。桃木さんも図書室に用事だった？』

沙良が一冊の本を持っていることに気づきつつ、将人は内心いぶかしんだ。

親切だが、不思議な少女だ。将人の名字もうろ覚えなほど付き合いが浅いのだから、普通は見て見ぬふりをするだろうに。

将人が呼びとめると、沙良は恥ずかしそうにはにかんでうなずいた。

『そう。ここの図書室、広いって聞いて』

『江藤さんは一緒じゃないのか？』

『本、借りただけだから』

にこにこと笑う沙良に、将人は意外さを覚えた。

将人が普段、なにげなく見ている女子生徒は皆、常に団体行動をしていた。教室移動や昼休みは言うまでもなく、トイレや売店に行くのも友人を誘っていたと思う。

それを馬鹿にしたことはないが、沙良が普通の女子生徒と違う行動をしたことが引っ掛かった。もしかして彼女はまだクラスになじめていないのだろうか。

（もしそうなら心配だ）

あの悲劇を繰り返してはならない、と苦く思う。

それ以来、将人は度々、沙良を目で追うようになった。

沙良は気弱で控えめで、あまり自分の意見は言わず、自分に注目が集まると、すぐにおどおどとうつむいてしまう。それでいて自分の考えを持っていて、できることは一人でしているようだった。

頼りないように見えて、意外と自立している少女だ。

そんな沙良に好感を覚えた。誰も気づかないほど淡く……ひそかに。

「借りただけだから、か……」

将人はふっと吐息をついた。口に出してみれば、なんてことないように思えてくる。

自分もまた、今することははっきりしている。急げば間に合うかもしれないのだから、立ち止まっていることになんの意味があるだろう。

廊下に縫いつけられていた足が、今度はすんなりと離れた。

深呼吸を一つし、美術準備室を目指そうとした時だ。

（……あのキグルミに遭遇するかもしれないのに、あえて危険を冒す必要があるのか？）

今さらのような疑問が脳裏をよぎった。むしろなぜそのことを思いつかなかったのか、自分自身に呆《あき》れるほどだ。改めて考えてみたが、

「……ないな。そっちに行く暇があったらむしろ……」

将人は美術準備室ではなく、さらに下の階を目指して速足で歩きだした。

＊　＊　＊

——コンコン。

バリケードを張り巡らせた調理準備室にノックが響く。

将人が帰ってきてくれたのだ。沙良とありさは壁から背中を浮かせ、ホッと顔を見合わ

せた。急いでバリケードを取りのぞこうとしたが……、

（ほんとに蔓原くん？）

ふと不安に駆られる。将人だとしたら、戻ってくるのが早くないだろうか。しかもなぜ声をかけてくれないのだろう。

――コンコン、コン。

再びノックの音がした。

「沙良、まさかこれ……」

ありさも嫌な予感を覚えたようだ。二人で、壁に背中をつけるようにして、ぎりぎりまで後ずさる。こちらから呼びかけてみようかとも思ったが、もし外にいる者が将人ではなかった場合、自分たちが調理準備室に隠れていることを知られてしまう。

――コンコン、コン。コン……ココン……。

諦めることなく、扉の向こうにいる者はノックを繰り返す。執拗《しつよう》に。何回も。

「あ、開けない？　きっと蔓原だよ。間違いないって」

緊張状態に耐えかねたのか、ありさがささやいた。

そうであってほしいのは沙良も同じだ。だが……。

――カリ……。

その時、扉のほうで、軽い音がした。

——カリカリ、コリ……カリ……。

最初はなんの音かわからなかった。耳を澄まし、やっと思いつく。

(爪の、音……)

誰かが反対側から、扉を爪でひっかいている。

——カリカリカリ、カリカリカリカリカリ……。

(……蔓原くんじゃない……!)

これは違う。絶対に違う。

だが、キスウサだとしたら、それも妙だ。分厚いキグルミを着ながら、扉を引っ掻くのは無理だろう。ならば武道館にいる瑠華奈や聡子が校舎に来たのだろうか。

(それとも……それとも塁子さんが……)

キグルミを脱ぎ、扉を引っ掻いているのだろうか。

調理室前の廊下で見た、真っ赤に焼けただれた頭部が脳裏によみがえる。

塁子はきっと顔だけではなく、全身が焼けたはずだ。皮膚が溶け、皮脂が爆《は》ぜ、真っ赤になった肉の塊。水ぶくれが割れて中から液体が……。

「……ッ」

そんな状態の塁子が今、扉の外にいると思うと、恐怖で全身の血の気が引いた。

「ふー……ふー……ッ」

ありさがくがくと震え、必死で口を押さえて悲鳴を殺していた。ありさを抱きしめ、沙良も自分の口を押さえる。

（どこかに行って！　お願い……！）

自分たちはここにはいない。いないのだから……。

「……ッ！」

その瞬間、バン、と思い切り扉が殴りつけられた。

バリケードが揺れる。何度も殴られ、暴力的な音が調理準備室に響き渡る。

そしてまた、ノック。そのあと、爪で引っ掻く音。そして次に打撃音。

息をつく間もない、「音」の洪水で頭がおかしくなりそうだ。

そのまま、いったいどれだけの時間が経っただろう。

――コンコン。

「……あ」

規則正しいノックの音で、沙良は我に返った。

「桃木さん……？　江藤さん、どうした。いないのか……？」

キスウサかと思って身をこわばらせた沙良たちのもとに、将人の声が聞こえた。

今度は間違いない。絶対に大丈夫だ。

沙良は調理準備室の扉を塞いでいたバリケードを必死でどけ、扉を引き開けた――。

6

柚木《ゆずき》玲《れい》は自分の家族が嫌いだった。中小企業を経営しながらも酒癖が悪く、酔うと母にすぐ手をあげる父親が嫌いだった。そしてなにより、子供《あなた》のため、と繰り返し、父の暴力にただ耐える母親が大嫌いだった。

父が嫌いなら離婚すればいい。自分は父なんていらないし、私立の学校に通わせてほしいとも思わない。離婚したあと生活費が足りないなら、自分が高校を中退しても働く覚悟は持っている。

しかし玲がいくら訴えても、母は曖昧《あいまい》に笑うだけだった。

女子短大を卒業後、すぐに父と結婚した母は就職はおろか、バイトすらしたことがなかったらしい。今さら玲を連れ、自分の力で生きていくのは無理だと思ったのかもしれない。

それなら、それでいい。自分で働くことと、父の暴力に耐えながら衣食住を保証された生活を秤《はかり》にかけ、後者を選ぶというならいい。

だがそれを「子供のため」と偽る母が、玲はどうしても嫌だった。

母のようになりたくなかった。自分の弱さを「母の愛」に置き換え、自分の狡《ずる》さを「子供のせい」にして生きる女にはなりたくなかった。

自分は強く生きる。誇りを持って、皆を守って、背筋を伸ばして生きていく。


暗闇の中、玲は武道館を目指していた。

道中では運よく誰にも会わない。

（ほんとは……）

数分前に調理室を飛び出した時は、キスウサを殺してやろうと思っていた。舞《まい》の死体を弄《もてあそ》び、手首を切り落として、モノのように扱ったのだ。キスウサの中身が毒川塁子《ぶすかわるいこ》だろうと、全く違う化け物だろうと、どうでもいい。あの存在だけは許せなかった。

（でも、その前にやることがある）

不思議と、キスウサにトンカチで殴られた左肩は痛まなくなっていた。校舎を出る頃までは一歩歩くたびに激痛が肩からこめかみまで走り、何度も気が遠くなったのに。

左腕は動かなかったが、吹きつけてくる北風も寒くなく、久しぶりに玲は快調だった。

もしかしたら、今からすることのために、舞が力を貸してくれているのかもしれない。

Ａ棟を出て、正門の前を通って体育館の脇を過ぎる。普段ならば煌々《こうこう》とともっているはずの外灯は消えていたが、暗闇の中でも玲の足取りは乱れなかった。高校時代、毎日のように通っていた場所だ。目をつぶっても歩くことができる。

「……だけどよお……」

「いいから早くしてよ、グズ！」

玲が体育館の陰《かげ》から様子を窺《うかが》った時、武道館のほうから声が聞こえた。

体育館と武道館をつなぐ渡り廊下を越えた位置……校庭に面した場所に設置された水飲み場付近で、男女が揉めているようだ。

足音を殺して近づき、玲は渡り廊下の支柱脇に身を隠した。昼間なら簡単に見つかってしまうだろうが、夜ならばうまく支柱の影に同化できるはずだ。

水飲み場には、ペットボトルに水を汲んでいる嵐山《あらしやま》と、その尻を蹴《け》りつけている聡子《さとこ》がいた。

嵐山は数時間前、玲たちが小窓から武道館を窺った時から変わらず、背中を丸めておどおどとしている。水を汲みながらも絶えず貧乏ゆすりをし、自分の頬を神経質にひっかいていた。

「早くしなさいよ、ノロマ！　入れ終わったやつからこっちに投げて！」

聡子が腕を組み、高圧的に言う。

高校時代、聡子は男子の前では猫を被る少女だった。男子と女子とで意見が分かれれば男子に同意し、美形とそうでない男が揉めれば、美形の男に味方した。そんな性格が女子の反感を買うことも多かったが、彼氏ができれば彼一筋で、浮気をしたり、他人の彼氏に手を出すことはなかったため、そういうキャラとして皆に受け入れられていた。

そんな聡子が今、嵐山のことを男として扱っていない。……いや、これではまるで、人間としても扱っていないようだ。

「早くしてってば！　間宮《まみや》さんが喉渇《のど》いたって言ってるでしょ！」

「ひ……ひぃ」

嵐山の巨大な尻を蹴りつけ、聡子はその手からペットボトルを奪い取った。そして、武道館に一人、入っていく。

……チャンスだ。

玲は物陰から躍り出ると、聡子を追い、出入口から中に踏みこんだ。

「きゃあ！」

少々手荒に、聡子を道場に突き飛ばすようにして、中に入る。

現れた玲に気づき、道場内がざわめいた。

「あれー、柚木じゃん」

「……間宮」

剣道場の用具倉庫付近に敷いた畳《たたみ》に座り、瑠華奈《るかな》が悠然と笑った。ありさの振袖を羽織った姿は、正面から見るとまるで天守閣に坐す女城主のようだ。

彼女の両脇に、木戸《きど》と柳場《やなぎば》がいた。二人とも、竹刀《しない》を手にし、毅然《きぜん》として立っている。さえないバンドマンとゲームオタクが、まるで女王を守る騎士のようだ。

玄関の扉から外を監視していた平口も、駆け足で瑠華奈のそばに向かった。

奇妙なことに皆、瑠華奈の羽織っている振袖の端切れを手首に巻いていた。しかし、先ほど水飲み場にいた嵐山だけはなにもつけていなかった気がする。

「……ああ、そういうこと」

玲は腹立たしげに吐き捨てた。

瑠華奈たちは共通の布を身につけることで、自分たちの結束を強めているのだろう。同時に、嵐山という仲間外れを作ることで、ストレス解消をしている。

「呆《あき》れた。私たち追い出して、脱出の相談でもしてるならまだわかるけど、殺されるかもしれない時になにしてんの」

「嵐山、扉閉めて」

瑠華奈が玲の背後に向かって命じる。

脚を引きずりながら戻ってきた嵐山が出入口の鍵を閉め、その脇にうずくまった。まるで女王のそばには近づけない奴隷《どれい》のようだ。

「柚木さー、なにしに来たの？」

嵐山には目もくれず、瑠華奈が尋ねた。聡子が恭《うやうや》しく差し出したペットボトルに口をつけ、こくりと水を嚥下《えんか》する。

「向こうの連中と仲たがいでもした？　追い出されたから、こっちに来たの？」

「あいにく沙良《さら》たちは超いい子だからね。誰かを追い出したりしないよ」

「じゃあなにしに来たのー？」

「一言、言いたくて」

「なーにー？」

ふざけた口調の瑠華奈に、一瞬激昂しかける。なんとか堪《こら》えたものの、声が震えた。

「かおりと橋本《はしもと》さん、死んでたよ」

ハッと聡子や平口《ひらぐち》が息をのむ。

玲は道場の中央に進み、用具倉庫の前に集まっている瑠華奈たちと向かい合った。

「調理室の冷蔵庫で頭だけ冷やされてた。身体《からだ》はどこにあるのかわからない。目も耳も切り落とされて」

「う……っ」

吐き気を覚えたように、平口が口もとを押さえた。

「青井《あおい》たちは弓道場で首吊るされて死んでた。神林《かんばやし》さんは胸まで切り取られて……今、外じゃそういう状況になってるんだけど」

「ああ、怖いから武道館に入れてってこと？」

くすりと瑠華奈が笑った。

「カナナは優しいから、柚木が土下座して頼むなら、ここに置いてあげてもいいよ？　まあ、男たちの相手はしてもらうけど。木戸たちにもご褒美あげなきゃね」

「……っ」

木戸と柳場の目に一瞬、好色な光がよぎる。それを見て、聡子がむっとしたように玲をにらんだ。

どちらの反応も、玲にとっては吐き気を催《もよお》すものでしかなかった。一刻も早く要件を済ませたくて、玲は一歩瑠華奈たちに詰め寄る。

「キスウサを倒せる方法が見つかった。あいつ、多分火が弱点なんだ。調理室から持ち出されたコンロがプールに捨てられてるのを沙良が見つけてくれてね。なんとかして火器を手に入れられたら、キスウサに対抗できるはずだよ」

玲は調理室前の廊下で享司《きょうじ》とキスウサが戦っているところまでしか見ていない。そのあとすぐに皆と別行動してしまったが、享司ならキスウサを撃退できるに違いない。そして将人《まさと》ならきっと、今頃火器の在《あ》り処《か》を思いつき、それらを入手しているだろう。

武器を入手できれば、キスウサに反撃できる。そのために自分がするべきことは……。

（活動の拠点を確保する）

理由はよくわからないが、おそらく武道館は安全だ。籠城《ろうじょう》するためではなく、休憩を取って体力を養うために、自分たちは安全地帯を手に入れなければ。

玲は隠し持っていた包丁を取り出し、瑠華奈たちに突きつけた。

「かおりたちを見捨てた罪は、もとの世界に帰ったあとでしっかり償《つぐな》ってもらうよ。でも今は私たちにここを渡して。……心配しなくても、出ていけなんて言わないよ。私はあんたたちとは違……」

「ふっざけんなよっ」

その時、玲の台詞《せりふ》を遮《さえぎ》り、聡子が怒鳴った。持っていた竹刀《しない》を両手で握り、彼女は憎々しげに玲をにらんだ。

「罪を償ってもらう？　ここを渡せ？　なに、決まり事みたいにしゃべってるわけ？　そんなの、従うわけないいんだけど！」

「聡子……さっき私が言ったこと、聞いてなかった？　今は非常事態なの。死にたくなかったら指示に……」

「うるさーい！　そうやっていつもいつも上から目線で指図して！　キモウサに対抗するのが人として当然、みたいに話してんじゃねーよ！　玲のそういうとこ、大っ嫌い！」

玲の台詞をことごとく邪魔し、聡子がわめいた。顔は真っ赤で息も荒く、玲に突きつけた竹刀の切っ先がぶるぶると震えている。

「そんなにあたしたちを追い出したいの？　かおりたちの敵討《かたきう》ち？　あ、あたしの首切り落とそうとしたって、そうはいかないんだから。この人殺し！」

「なに言ってんの？　意味わかんないこと言ってないで落ち着きなよ」

「あ、あ、あたしは生き残る！　邪魔するならあんたも殺す。できないなんて思わないでよ。もう今さらなんだからさ！」

「聡子、それ、どういう……」

「柚木はさー、かおりたちが大人しく追い出されたって思ってる？」

その時、のんびりと瑠華奈が言った。青ざめたまま押し黙る木戸たちを従え、瑠華奈は畳に座ったまま、玲を見据えた。立っている玲を見あげているはずなのに、玲は瑠華奈に見下されているような気がした。

「武道館の外にブス川がいるんだよ。当然抵抗するじゃん？　でもブス川は誰か二人、差し出せって言うじゃん？」

「間宮、あんたたち、まさか……！」

「暴れないように腹パンしてさ。それでも逃げようとするから手の指も折って、抱えて、出入口からポーイ。ブス川はありがとーって感じで、首、ゴキーって二周くらいねじって、二人を引きずってったの」

「……なに、それ」

「そうやって、カナナたちはこの安全地帯を勝ち取ったんだよ？　あとから来て、きれいごとばっかり抜かす奴らに渡すわけないじゃん」

「なん……」

予想だにしなかった話に玲が呆然《ぼうぜん》とした時……突然、聡子が体当たりをしてきた。

「なにす……っ、こふ」

重要な話を邪魔する聡子にいらつき、彼女を突き放す。

その瞬間、自分でも無意識に咳《せき》が出た。同時に、パッと赤い霧《きり》が宙に舞う。

「え……？」

左胸の下あたりが痛い。触ってみると、手のひらが真っ赤に染まった。

――刺されたのだ。

そう気づくまでに、若干時間がかかった。目の前に血まみれの包丁を握りしめた聡子が呆然と佇んでいる。

（私の、包丁……？）

奪われたのだ。ああ……なぜその危険を欠片も考えなかったのだろう。武器を持ってはダメだと沙良があんなに、身を挺《てい》して止めてくれたのに。

「ぐ……！」

「柚木はさー、ほんっとバカだよね」

堪えきれずに膝をついた玲を冷めた目で見据え、瑠華奈が鼻を鳴らした。

「一人で乗りこんできて、なんとかなると思ったの？　この人数相手に？　やだー、自信過剰すぎてキモいー」

「……ま、み……！」

「でも残念ー。柚木って結局誰も守れてないよねえ。鳥海《とりうみ》も死んだし、京極《きょうごく》と橋本も死んだし。マジ、口先だけのゴリラ？　第一、意気込んで出ていって、わかったことが『ブス川は火が怖い』だけとか笑えるんだけどー。そんなの、カナナはとっくに知ってたし」

「なん……」

「これ、裏庭で拾ったんだ」

瑠華奈はポケットから使い捨てのライターを取り出した。

「近藤《こんどう》ってこの辺でよく煙草吸ってたからさー。試しに平口に探させてみたらビンゴ。最初にあんたらが出てってからブス川がここに来た時、火を見せたら、超ビビってんの。その時、あんたらを殺せたら、カナナたちはもとの世界に帰すって約束させたんだよね」

「なに……それ……」

「数がそろえば、あとはどうでもいいんだって。誰のが気に入るかわからなかったから、とりあえず全員連れてきたみたいだけど」

「……意味、わかんないんだけど」

しゃべるだけで激痛が走って気が散る上、玲には瑠華奈の言葉が理解できなかった。

彼女はキスウサを「ブス川」と呼ぶ。そしてキスウサが、もとの世界に帰す、と言った約束を信じているようだ。相手を信用しているからではなく、自分のほうが格上だと疑っていないのだろう。

では、毒川塁子いじめの犯人は瑠華奈だったのだろうか。キスウサの弱点を知っているということは、火を使ったいじめをしていたのかもしれない。

「……間宮、ほんっと……吐き気、する」

玲は喉の奥にたまった血を吐き捨てた。

「それはこっちの台詞。もーいーよ。殺して？」

後半の台詞は聡子に向けたものだ。ぐしゃぐしゃに泣きながら、聡子がふらふらと近づいてくる。自分でも言った通り、今さら引けないのだろう。

（……だから言ったのに）

つらいことから逃げても解決しないと、玲は高校時代、何度も聡子に言ったのに。

練習がきつくなると、嘘をついてサボるくせに、スタメンから外されると文句を言ってくる子だった。いつかイケメンで高学歴で高収入で家柄もいい男性が自分を見初め、プロポーズしてくれるはずだと言って目を輝かせるような子だった。

見通しが甘くて根性がなくて……それでも人を陥《おとしい》れたり、人のものを奪ったりしない聡子を、玲はひそかに認めていたのに。

「……バカ、だね。聡子……」

だが彼女がここまで追い詰められていることを見抜けなかったのは自分だ。自分の力を過信し、一人で乗りこんできてしまったのも。

「……っ」

振りあげられた聡子の包丁を見あげ、玲は死を覚悟した。

その時、ガシャン、となにかが壊れる音がした。

のろのろとそちらに目を向けると、出入口のそばに嵐山が立っている。なぜか足もとに、武道館に設置されていた小さな神棚が落ちていた。

「は……？」

嵐山が落として壊したのだろうか。……なんのために？

意味がわからなかったのは玲だけではなく、瑠華奈たちも同じだったようだ。きつい口調で瑠華奈が嵐山を咎《とが》めようとした時、

『クケケ！』

ゆっくりと出入口の戸を開け、キスウサが入ってきた。

＊　＊　＊

　享司は木刀を手に、一人でA棟校舎を歩いていた。足音を殺して耳をそばだてながら、周囲に目を光らせる。

　玲は逆上したまま校舎を駆け回り、キスウサを捜しているはずだ。ゆえにすぐ見つかるだろうと考えたが、どうも様子がおかしい。

「いねえな……」

　凹《おう》の字型をしている校舎は三つの棟が向かい合っているため、A棟の内側に作られている廊下から見回せば、他棟の様子も一望できる。中央棟の三階からとりあえず四階へあがり、そこから校内を探したが、誰に会うこともなかった。

　A棟の四階にある一年A組の教室と、A棟南階段の三階踊り場にはそれぞれ、バラバラ死体が散乱していたが、眉を動かすだけでその前を通り過ぎる。

　実際、享司はここに来てもまだ、普段とあまり変わらない精神状態を保っていた。沙良たちにとっては悪夢のような「非日常」が、享司にとっては少しだけ「日常」に近かったからだろう。むろん、日々殺人が横行していたわけではなく、その殺意や暴力性になじみがあっただけだが。

（あいつらはそれすら、なかっただろうからな）

　豊富な知識を蓄え、理論立てた考えかたをする将人でさえ現状にのまれ、普段通りとは言い難い。

それでも彼らを頼りないと思ったことは一度もなかった。見捨てる気もない。特に誰かに言ったことはなかったが、享司は蔵院《くらいん》高校で過ごした三年間をそれなりに気に入っていたのだった。

望もうと望むまいと、人間の暗部を目にすることが多かった享司にとって、蔵院高校での三年間は新鮮だった。

誰に言われたわけでもないのに毎日花瓶の水を取り替えていた少女。金にならないというのに、学園祭の準備に全力を出していた少年……。

将来の役には立たないだろうに、貪《むさぼ》るように読書に熱中していた奴もいた。

誰もが皆、「無駄」ともいえる日々を楽しみ、のびのびと過ごしていた。その記憶は特に親しい友人のいなかった享司にとっても、穏やかでくつろげるものだった。

そんな記憶が今、自分の知る「日常」に埋もれていく。

そのことに享司は内心、かなり怒りを覚えていた。

「……まさか」

高校時代の記憶を反芻《はんすう》していた享司はA棟一階に下りたところで、はたと足を止めた。

玲は本当に、逆上してキスウサを襲いに行ったのだろうか、という根本的な疑問が脳裏《のうり》をよぎる。あの傲慢《ごうまん》なまでに正義感が強く、自分に自信を持っている少女が、誰か一人を恨み、復讐心を抱いて校舎を徘徊する姿は想像しづらい。

確かに、調理室で京極かおりたちの頭部を見つけた時は、聡子を殺すと息巻いていたが、その時は沙良の説得で落ち着きを取り戻し、玲は自分で武器を手放したではないか。キスウサを許せない気持ちは強いだろうが、まだ守るべき対象が残っている以上、玲ならそちらを優先するのではないだろうか。

「ちっ、武道館か……！」

読み違えた自分に舌を打ちつつ、享司は廊下を蹴って走った。

A棟一階の北端にある小さな出入口を蹴り開け、外に出る。つい先ほどまで夕日に照らされていた校内はすっかり暗くなっていた。

そのままA棟校舎を回りこみ、武道館に向かおうとする。……と、その時だ。

「……？　なんだ」

不意に視界の端で小さく、なにかが光った気がした。

取るに足りない光だが、なぜか気になる。享司は武道館に向かいかけた足をいったん戻し、西門に近づいた。

相変わらず、門の向こう側は濃霧が立ちこめていて真っ白だ。門に触れた場合、張られている結界に阻《はば》まれるのだろう。

享司は距離を測りつつ、慎重に周囲を見回した。暗い門の両脇には花壇がある。草木は枯れていて、門に向かって左手側の花壇には巨大な石碑《せきひ》が置かれている。

その石碑の根元で、なにかがチカチカと光っていた。

「ケータイ……？」

慎重に引きずりだし、享司は眉をひそめた。

腹立たしい見た目のストラップのついた、見覚えのない携帯電話が埋まっていた。新着メールが届いているのか、受信を知らせる通知ライトが点滅している。

今がもし夕方ならば、夕日にまぎれて気づかなかっただろう。

「……一月十四日の、二十時三十五分か」

トップ画面に映し出された時計のみを確認し、享司は携帯電話を花壇に放り投げようとする。……が、直前で思い直し、持っていたショルダーバッグに放り込んだ。

それきり携帯電話のことは意識から切り離し、享司は武道館を目指した。

＊　＊　＊

バリケードを外し、調理準備室を出た沙良はホッと息をついた。

調理室に将人が立っている。怪我《けが》もなく、無事のようだ。

「蔓原《つるはら》くん、無事でよかった」

「桃木《ももき》さんたち、無事か？」

二人の声が重なった。顔を見合わせ、思わず赤面する。

将人が咳払いをし、ふっと微笑《ほほえ》んだ。

「遅くなってごめん。なにもなかったかな?」

「あの……ノックが」

まだ顔色の悪いありさとともに、たどたどしく説明する。

誰かが来て、扉を開けさせようとしてきた。自分たちが開けずにいると、今度は扉を引っ掻き、殴りつけて脅《おど》してきた、と。

恐怖のあまり、幻聴を聞いたのだろうと言われてもおかしくなかったが、将人は沙良たちの話を否定しなかった。逆に、自分の判断を悔いるように頭を抱える。

「しまった、入ってこれたのか……! というか考えてみたら、あのキグルミはカセットコンロを持ち出すために、一度ここに入っていたわけだし……ごめん、これは俺の判断ミスだよ」

「だ、大丈夫。準備室にいたし、こっちまでは来なかったもの」

むしろ、こんな状況下で、他人の命まで預かり、一つ一つの行動を決めるなんて、途方もない重圧だろう。

「全部任せっきりでごめんね。次はちゃんと、自分で考えるようにするから」

「いや、桃木さんにはすごく助けてもらったよ。ありがとう」

「……？」

沙良が首をひねったが、将人はそれ以上説明しようとはしなかった。気のせいかもしれないが、将人の雰囲気は先ほど別れた時と、少し違うように思える。余裕があるというか、落ち着いているというか……。

「蔓原くん、それは？」

ふと、沙良は将人が手提げ袋を持っていることに気づいた。

「化学室に落ちてたんだ。生徒の私物だろうけど、非常事態だし拝借してきた」

「化学室？　アルコールランプとかが残ってないか調べに行ったの？」

不思議そうに尋ねる沙良に、将人はふっと微笑んだ。

「最初はなにがなんでも火器を見つけないとダメだと思っていたんだけど、途中でその必要はないって気づいたんだ。校内を探し回って、あのキグルミに遭遇する危険を冒すくらいなら、火を作ればいい」

「火を作るって、どうやって……」

「簡単な化学の実験だよ」

将人は片手に余るくらいの大きさの瓶を二つ取り出し、沙良とありさに渡した。透明な瓶の底には濡れた脱脂綿が敷いてあり、糸をふたに挟んでいるのか、真ん中あたりに小さな石のようなものがぶら下がっている。

「水とナトリウムを反応させると発火する。授業で習ったのを覚えてない？」

「えっと……そんな実験やったっけ？」

やったような気もするが、やらなかったような気もする。少なくとも高校を卒業し、二年経った今、沙良の記憶には残っていない。ありさも同様のようだ。感心する沙良とは逆に、ありさは未知の生物を見るような目で将人を見た。

「さすがって言うかなんて言うか……頭の出来が違うってこういうことを言うんだね」

「いや、俺は理科系教科が嫌いじゃなかっただけだよ。……でも、あのキグルミが毒川さんだとしたら、今の二人と同じ感覚なのかもしれないな。薬品棚には劇薬もたくさんあったけど、ほとんどが手つかずに見えた。薬品の知識がないからこそ、全部の瓶を壊すことも持ち出すこともできなかったのかもしれないな」

「それって……何点かなら、キスウサが薬品を持ち出してる可能性もあるってこと？」

「塩酸とか硫酸とか、そういうわかりやすいものなら、あるいは……。でも多分、劇薬の類《たぐい》は必要以上に警戒しなくていいと思う。……それだと意味がないはずだから」

「え？」

どういうことかと将人を見あげたが、彼は詳しい説明をしなかった。まだ考えがまとまっていないのか、沙良たちに伝えるべきことではないと思っているのか……。

「ねえ、それで、これからどうするの？」

そわそわと落ち着きなくありさが尋ねた。冷蔵庫のあるほうを気にしている。中に入っているかおりたちの頭部のことが忘れられないのだろう。

「この瓶、薬品版の火炎瓶ってことでしょ。まさか、これでキモウサと対決する気とか言わないよね？　こっちが瓶投げる前に、走ってこられて殺されちゃうよ」

「二人はここにいてほしい。それはなにかがあった時の護身用。念のため、渡しに来たんだ」

「蔓原くん、またどこかに行っちゃうの？」

今度こそ一緒に行くものだと思っていた沙良は慌てた。将人は一瞬驚いた顔をしたものの、淡くはにかんだ。

「校舎内にいた時、誰にも会わなかったんだ。多分、柚木さんも箭竹原《やたけばら》も、外に出ている。武道館に行った可能性が高いから、俺もそっちに行ってみるよ」

「玲ちゃん……」

水島《みずしま》聡子たちを襲うつもりだろうか。そうではなく、また一丸《いちがん》となってキスウサに立ち向かうために説得しに行ったのだろうか。

……多分、後者だと思った。玲ならきっとそうするはずだ。

「だったらなおさら、私たちも行くべきだよ。みんなで話し合ったら、間宮さんたちも考え直してくれるかもしれないし」

「そんなにうまくいかないって」

　ありさが不満そうに唇をつりあげた。どういうことかと振り返ると、逆に驚いたような顔をされた。

「かおりたち、殺されたんだよ？　間宮さんたちが追い出したんだし、殺したも同然じゃん。人殺しと一緒にいるなんて、あたしは無理。もし武道館に戻るって言うなら、今度はあっちを追い出すべきだよ。そうじゃないと不公平だし」

「追い出すのはダメだよ。みんなで協力しなきゃ……！」

「じゃあ、沙良は間宮さんたちが、かおりたちを追い出したのを許すんだ？　それ、殺したもん勝ちってこと？」

「違うよ。そうじゃなくて」

　かおりたちが殺されたのはもちろん沙良もショックだ。瑠華奈たちが追い出さなかったら、二人は今もまだ生きていたかもしれない。

　だが、二人を殺害し、死体を損傷したのはキスウサだ。その点を間違ってしまったら、自分たちはまた対立してしまう。

「大体さ……正直、あたしはまだヤクザ原も信用できてないんだよ」

　口ごもった沙良から顔をそむけ、ありさは嫌そうにため息をついた。

「あいつ、なに考えてるのかわかんないじゃん。早く帰りたいって言ってたし、武道館の連中と結託して、あたしたちを全滅させて、キモウサに頼んでもとの世界に帰してもらう気なのかも。だから、あえてあたしたちと別行動したのかもしれないよ」

「そんなことないよ！」

「絶対にありえないって言える？　……うち、呉服屋じゃん。ヤクザにいい印象ないんだよね。笑顔で近づいてきて弱み握ろうとしてきたり、変な噂流して、うちの営業妨害したり、ヤクザなんてクズばっかり。ヤクザ原だって……」

そんなことはない、と沙良が改めて言おうとした時だ。

『ギャアアア！』

調理室に設置されていたスピーカーから、けたたましい悲鳴が響き渡った。

「な、なに……？」

『いや……いやあああっ！』

『やめろ、よせ……ぐげ……！』

複数の男女の悲鳴とともに、なにかをひっくり返すような音や、切り裂くような音がする。

「これ、武道館？　みんなが襲われてる……？」

どういうことなのかはわからないが、武道館にいるはずの聡子や木戸の悲鳴が聞こえてくる。それに気づいた瞬間、沙良は夢中で駆けだしていた。

「待って、桃木さん！　これは罠かもしれない。俺たちをおびき出すための……」

焦った将人の声が聞こえたが、止まれない。廊下に出ても、校内放送は続いている。

渡された火炎瓶をぎゅっと握りしめ、沙良は必死で走った。

（もう誰かがいなくなるのは嫌……！）

＊　＊　＊

ズシャ！　と重く、ぞっとするような水音が武道館内に響いた。

声もなく、平口がうつぶせに倒れる。彼を中心にして、真っ赤な血だまりが床に広がっていった。

「わ、うわああっ！」

柳場が悲鳴をあげ、出入口の向かいにある玄関から逃げようとした。

その背に、容赦《ようしゃ》なくキスウサが襲いかかる。後ろ髪を摑んで引き倒し、あおむけに倒れた柳場にのしかかると、その首に手斧《ておの》の刃を押し当てた。

「やめろ、よせ……ぐげ……」

柳場の喉が切り裂かれる。噴水のように吹き出した彼の血をかぶりながら、キスウサは悠然と身を起こした。

キスウサは血を浴びたまま、道場内をぐるりと見回した。

(……さっき)

玲は膝をつき、聡子に刺された胸の痛みも一瞬忘れ、呆然と目の前の光景を見つめた。

つい先ほど、突然キスウサが武道館に入ってきた。細長いマイクのようなものがついた小型の機械を持っていて、それを床に置いたところまでは皆、ぽかんとしていた。

すぐに襲ってこないキスウサを見て、強気になったのだろうか。木戸が罵声を浴びせ自分から竹刀で襲いかかっていき……手斧を持っていたキスウサの、腕の一振りで殺されたのだった。

それは一方的な虐殺だった。あっという間に平口、柳場、木戸が殺された。

「もういやだ……もういやだ、もういやだもういやだ……」

なぜか出入口付近にいたのに見逃されていた嵐山が膝をついて泣いていた。両頬を爪でばりばりとひっかいている。隣には、出入口の脇に作られていた神棚が落ちていた。

(嵐山が落として壊した……? そうか、キスウサが武道館に入ってこられなかったって、もしかして……)

邪悪なキスウサは、神聖な神棚に近づけなかったのだろうか。

武道館に逃げこんだ者たちを殺したかったら、外に誘い出すか、神棚を壊すしかない。

そのための策として、キスウサは嵐山を利用したのだろうか。

（嵐山、まさか最初に私たちが助けた時にもう……）

キスウサに脅され、その手駒になっていたのだろうか。そしてまんまと武道館にもぐりこみ、神棚を壊す機会を窺《うかが》っていたのかもしれない。

そうだと仮定すると、玲たちがバレー部の部室で食料を調達する、という情報をキスウサに流したのも嵐山だったのだろうか。

なんて馬鹿なことを、と激しい怒りにかられたが、嵐山だけを責めることはできなかった。キスウサにいくら脅されようと、瑠華奈たちが温かく迎えていれば、彼は踏みとどまったかもしれない。奴隷のように扱われたことが、嵐山のプライドと良心を根こそぎ消し去ってしまったのかも……。

「たす……助けっ、きゃあああ！」

逃げ惑っていた聡子が、倒れ伏した柳場の血に足を取られて転倒した。

そこにキスウサが斧を振り下ろす。とっさに身をよじったため刃は首ではなく、深々と聡子の右肩に埋まった。

耳を覆いたくなるほどの絶叫が響いた。

聡子の右腕がほぼ切り落とされ、皮一枚で垂れ下がる。

のた打ち回る聡子の首を摑み、キスウサがその身体を持ちあげた。トントンと狙いを定めるように、左肩を斧で叩く。今度は左腕を切り落とそうというのだろうか。

「たすけ……や……ねが……た、すけて……」

目を絶望で染め、聡子は何度も首を振った。かすれた声で命乞いをしながら、助けを求めるように周囲に視線をさまよわせる。

「――……っ」

なぜだろう。目があった瞬間、玲は無意識に身体が動いていた。

(……舞)

キスウサに捕まっているのが、大切な幼馴染であるような錯覚に陥《おちい》る。

彼女は……舞は玲をかばって殺された。本当はあの時、キスウサが肉切り包丁で狙っていたのは玲だったのに。

『玲ちゃん!』

舞の絶叫がすぐそばで聞こえた瞬間、玲は彼女に突き飛ばされた。

高校時代、バレー部で鍛えた玲とは違い、舞は華道部に所属していた。温厚だが気弱で、喧嘩《けんか》や大声をなによりも嫌っていた舞は、玲の父親が暴れるたびに玲を部屋にかくまい、我がことのように泣いてくれた。

昔から、彼女の隣が唯一くつろげる場所だった。

誰にも告げる気はないが、淡い愛情を覚えていた。

優しい舞。……誰よりも、守りたかったのに。

「あ……あああっ！」

玲はキスウサが首を摑みあげた「舞」に飛びつき、その手から引きはがした。彼女をかばうように覆いかぶさった瞬間、頭にガツンとすさまじい衝撃を受けた。

（あ……）

どさりと身体が崩れ落ちる。かすむ視界に、金のブレスレットをはめた自分の手首が見えた。力なく投げ出された指先が少しも動かせず、玲は焦った。

（なに、してんの、私）

舞を連れて早く逃げなければ。……そして沙良たちと合流しないと。

ありさはちょっと小ずるいところがあるけれど、ひょうきんだし話していると楽しいし、将人はとにかく頭がいい。享司は思っていたより悪い奴ではなかった。ヤクザにもいいヤクザと悪いヤクザがいたらしい。

それに……沙良はきっと、泣きながら自分と舞の無事を喜んでくれる。

怖がりで自信なさげで、すぐおどおどとしたり、赤面したりと忙しいが、あれでいて沙良は案外芯が強い。

早く会いたいな、と思った。高校時代にはあまり接点を持てなかった沙良たちと、こうして今、仲良くなれた。そのことだけは、今回の一件に感謝したい。

(今……行くから)

心の中で沙良たちに呟《つぶや》き……それを最期に、玲の意識は黒一色に塗りつぶされた。


ごとん、と重い音を立て、玲が武道館の床に倒れた。

刃ではなく、斧頭で殴られたものの、重い鉄の塊で殴打《おうだ》されれば結果は同じだ。

玲はもう動かない。頭部から血があふれ、床に大きな血だまりを作っていく。

「ひ、ぎ……」

キスウサは玲にかばわれた聡子のもとに歩いていくと、無造作に斧を振り上げた。

すさまじい絶叫とともに、聡子の左腕が切り落とされる。かろうじてついていた右腕も、それに続いた。

キスウサは満足そうに聡子の両腕を回収し、とどめを刺すことを後回しにして、顔をあげた。

剣道場の用具倉庫の前に敷かれた畳……そこに瑠華奈が座っている。

「……ブス川、あんた、マジウザいんだけど」

瑠華奈は振袖を肩にかけ、すくっと立ちあがった。武道館のあちこちに死体が散らばり、どこもかしこも真っ赤だというのに、瑠華奈の態度は変わらない。顔は普段よりも白いが、声は堂々としていて、身体も震えていない。

瑠華奈はひるむことなくライターを懐から取り出し、火をともした。

「ほら、近づけないでしょ。あんた、火が怖いんだもんね。調理室からコンロとかも回収したんだって？　ははっ、必死じゃん」

『……』

キスウサが足を止めたのを見て、瑠華奈はにんまりと唇をつりあげた。

「まー、そーだよね。怖いよねえ。ちょっと火傷しただけでも、すごいピリピリするし？　生きたまま、全身火だるまになるとか地獄でしょ」

表情の変わらないキグルミがぶるりと震えたようだった。

……キスウサが脅《おび》えている。

そう感じた瞬間、瑠華奈の全身を熱いものが駆け巡った。興奮と歓喜。大勢を殺戮《さつりく》して回る殺人鬼が、自分に恐怖しているという征服感が瑠華奈を満たす。

「ねえねえ、痛かった？　怖かった？　せっかくなんだし教えてよ。オモシロかったら、カナナが小説にしてあげるよ？　出版社の知り合いいるし、文才のある美少女アイドルって他にはいなくてキャッチーだし、カナナ、また有名になっちゃうかもー」

『……ギ……ッ』

「印税入ったら、エステいこっかなー。そろそろ洋服も春物の新作が出るころだし、クラブにも行きたいし、仲間との付き合いも大事にしなきゃだし……あ、ごめーん。ドブスな嫌われ者には縁のない話だったね？」

　人差し指を頬に当て、こくんと首をかしげてみせる。

　瑠華奈がコンサート会場でやれば、誰もが熱狂していきり立つポーズ。

　やっとここまで来た。まだまだ上に登ってみせる。こんなところで、自分よりはるかに劣る雑魚《ざこ》に殺されてたまるか。

　その思いが、瑠華奈をたぎらせる。

「ブス川が死んでも誰も泣かなかったしー、みんな、あんたが首吊って自殺したって思ってるし？　誰一人、犯人も捜さなかったし、おかしいって思って調べもしなかったんだよ？　そこまで関心持ってもらえないとか、逆にすごくない？　学校のウサギが死んだって、もうちょいみんな泣くし、動揺するのにねえ？」

『……ッ！』

「あの日さー、一月で寒かったから、灯油かけてあげたんだよね。ただの遊びだったのに、あんたが暴れるから、嵐山が吸ってた煙草、落としちゃってさ？　さすがにやばいと思って逃げたけど、結局誰にもばれなかったし。あんたに友達が一人もいなくてラッキー」

『……ァアア！』

　それ以上聞きたくないというように、キスウサが頭を抱えて絶叫をあげた。ぶるぶると震え、巨大な身体をさらに丸め、キグルミはみじめな姿で床に頭を打ちつける。

勝った、と瑠華奈はほくそ笑んだ。

キスウサの中身が毒川塁子だとわかった時から、瑠華奈には勝算があった。腕力で勝負するつもりなど最初からない。人の心を砕くには、巧みな「言葉」があればいい。

(ブスがカナナに逆らうなっての)

足首が痛まないよう、ゆっくりと近づく。

たかが遊びの美少女投票で負けたことは単なるきっかけだった。一度呼び出してヤキを入れた時、毒川塁子が泣いて謝っていれば、瑠華奈は彼女を不問に付《ふ》しただろう。もともと羽虫以下の存在だし、身の程を弁《わきま》えて日陰にいるなら、あえて駆除するほどでもない。だが塁子は瑠華奈に対し、いちいち口答えをし、反抗的な目を向けてきた。ゆえに、少々やりすぎてしまっただけだ。

「あんたがキモいのが悪いのに、逆恨みしてこんなことするとか、マジでふざけてるんだよ？　まー、もーいいけどね。いい加減、ちゃんと成仏《じょうぶつ》しなって」

目の前のキスウサがみじめすぎて、あまりにも愉快で、自分で意識していたよりも優しい声が出た。

キスウサは自分でも瑠華奈の言い分が正しいと認めているのか、うずくまったままピクリともしない。まるで瑠華奈の手で、全てを終わらせてもらうことを待っているようだ。

……少なくとも、瑠華奈にはそう見えた。

「じゃーね、バイバ……」

『ヒ……ギイイイィ！』

薄笑いを浮かべながら、瑠華奈がキスウサの頭にライターで火をつけようとした時だ。

突然、よくわからない不快な声をあげ、キスウサが隠し持っていたらしい小瓶の中身を瑠華奈めがけてぶちまけた。

「……？　ぎ、ゃあああぁ！」

一瞬、なにが起きたのかわからなかった。だが、顔面に液体がかかった次の瞬間、想像を絶する激痛に襲われ、瑠華奈はのけぞって悲鳴をあげた。

顔から異臭を放つ煙があがる。ライターが床に落ち、液体に浸って、火が消えた。

「ああ……あああ、あああああ⁉」

あまりの痛みで、瑠華奈は顔を押さえ、床をゴロゴロと転がった。

顔が燃えるように痛い。頭皮が、顔が、目が、腕や胸もとが、炎を噴いているようだ。

それが化学室から調達した酸性の劇薬だと、瑠華奈が気づく余裕はない。彼女はただ、突然自分の顔を襲った痛みに混乱し、のた打ち回って恐怖した。

『クケッ、ケケケ！』

飛び起きたキスウサが怪鳥《けちょう》のように声をあげた。

『キモッ、ケヒャヒャ、禿《は》ゲ、マユ！　カオ禿ゲ！　キャキャキャ！』

両手両足をばたつかせ、キスウサがけたたましく笑う。瑠華奈に詰め寄り、力任せにその服の前をはだけさせると、むき出しになったみずみずしい肢体めがけ、もう一瓶を振りかけた。

「ぎゃあああっ！」

獣のような咆哮《ほうこう》をあげる瑠華奈を満足そうに見おろし、キスウサはきびすを返した。持っている斧で瑠華奈の首を刎《は》ねることも、その手で首を絞めることもしない。

『禿ゲ！　禿ゲ禿ゲ！　ヒャーッヒャヒャヒャ！』

「ガオ、……ガナナ、の、ガオ、なに……」

喉が焼けたのか、瑠華奈はしわがれた声で繰り返す。顔や頭を触った手のひらに、剝《は》がれた頭皮ごと髪の毛が絡まっているのを見て、瑠華奈は再び絶叫をあげた。

しかしキスウサは振り返らない。スキップするように軽い足取りで、ピクリとも動かない聡子と玲のほうに向かう。楽しいことが待っている、というように。

「……やってくれたな」

その時、武道館の出入口に享司が現れた。

＊　＊　＊

蔵院高校にはいくつかのスピーカーが設置されている。建物の内外に向けて校内放送を流すためだが、そのスピーカーのせいで今、蔵院高校内は阿鼻叫喚《あびきょうかん》に包まれていた。

享司が全力で走る間も、断末魔が響き渡る。

西門から武道館に向かうまで、さほど時間はかからなかったはずなのに……たどり着いた時、道場内は血の海だった。

出入口の隅に、茫然自失した嵐山が座りこんでいる。

一応生きている彼とは違い、床には平口、柳場、木戸の死体が転がっていた。少し離れた場所には、両腕を切り落とされて動かない聡子と、その隣に倒れている玲の姿も。

一見、軽傷に見えたが、玲の頭から流れる出血量から見て、生存は絶望的に思えた。

生意気で喧嘩っ早くて男勝りで……呆れるほどまっすぐな女だった。

玲は誰かをかばって死んだのだろうか。おそらく、そうに違いない。

用具倉庫のそばでは、頭からすっぽりと振袖を被った人物が震えている。瑠華奈だろう。

先ほどはスピーカーからすさまじい絶叫が聞こえたが、着物には血もにじんでいない。殺されそうになり、悲鳴をあげただけかもしれない、と享司は判断し、早々にキスウサに視線を戻した。

七人もいたはずの男女が、今はもう嵐山と瑠華奈の二人だけになっていた。

その事実に、さすがに享司も戦慄《せんりつ》する。表情だけは冷静さを保っていたが。

「そいつを放せ」

ポケットに入れていた金のブレスレットが、ちゃり、と小さく音を立てた。

キスウサは享司を無視し、玲の死体を担いで、出入口のほうに歩いていこうとした。いや、玲だけではなく、聡子の両腕も持っている。

そのことに、享司は一瞬、違和感を覚えた。

思い返せば今までにも何度か、似たような光景を見ていた気がする。胸部をえぐり取られた神林美智子《みちこ》、両耳を削《そ》がれた京極かおり、両目と鼻を抉《えぐ》られた橋本優奈《ゆうな》も……。

死体を傷つけることで、それを見つけた生存者を恐怖させることが目的だと思っていたが、それにしては妙に「選別している」印象を受ける。女性や特定の人間を、というよりは、むしろ……。

「A棟三階の踊り場で西村《にしむら》たちを見た時、なんか違和感があったんだよな。腹が掻《か》っ捌《さば》かれてたわりには、外に出てた内臓が少なかった。……あれ、お前が盗ったのか」

『……』

キスウサは答えなかったが、享司は目を眇《すが》めた。

「お前、死体のパーツ使って、なんか企《たくら》んでんじゃねえだろうな」

なおもキスウサは答えない。その代わり、おもむろに享司を指さした。

「あぁ？」

「う、うああっ」

享司が眉をひそめた時、突然、背後から嵐山が襲いかかってきた。先ほどまで呆然と座りこんでいたが、今は恐怖で目を血走らせている。両頬に走った無数の爪痕のせいで、悪鬼のような形相だ。

「ウガアアッ、ガアアアア！」

獣のような咆哮をあげ、嵐山が享司に殴りかかってきた。昨夜縫い合わせた太ももの傷が開くのもおかまいなしだ。

「うぜえな……」

手負いとはいえ、重量では嵐山のほうが勝っている。組みつかれては厄介だと判断し、享司は慎重に距離を測りつつ、突進してきた嵐山のみぞおちに膝を叩きこんだ。

「ぶぐッ」

濁点まみれの声をあげ、嵐山がどうと倒れた。白目をむき、痙攣《けいれん》している。

その時にはもう、キスウサは玲の死体を担ぎ、出入口から立ち去っていた。舌を打ち、享司があとを追おうとした時だ。

「う……」

背後でうめき声があがった。両手を切り落とされた聡子が身じろぎをする。どうやらまだ生きていたらしい。

駆け寄ったものの、その顔は土気色で、目の焦点もあっていない。彼女がもう助からないのは、医療知識のない享司の目にも明らかだった。

「わりい」

持っていたショルダーバッグには消毒液や包帯が入っていたが、瀕死の重傷を負う者にはなんの効き目もないだろう。有効なのは鎮痛剤くらいだが、薬が効くまで、聡子が生きていられるのかすらわからなかった。

「なにかやり残したことはあるか」

現状を正しく理解し、享司はそっと聡子のそばに膝をついた。

「み、ず……」

「わかった」

享司は武道館に転がっていたペットボトルを見つけ、聡子の上半身を抱き起こして水を飲ませた。ほとんどはこぼれてしまったが、それでも聡子は長年の渇きが満たされたように、ほう、と息をついた。

「あとは」

「ころ、して……」

「痛み止めはあるが」

「むり……も、いたい……」

泣きわめく体力は残っていないようだが、聡子は今も激痛に襲われているようだった。ぴくぴくと身体が弱く痙攣し、口からはうめき声が漏れている。

殺して、と繰り返す聡子を床に横たえ、享司は脇に落ちていた包丁を取り上げた。玲が持ちこんだものだろう。

「寝とけ。すぐすむ」

弱々しくうなずいたものの、すぐに聡子の両目から涙があふれた。

「こわ……こわい」

「やめるか」

「いい……手、にぎって……」

握ろうとしたが、聡子の手は二本とも失われていた。それに気づいた聡子の両目が絶望に染まる。

享司は左手を聡子の肩に当て、右手で包丁を握った。

「一瞬だ。痛みは与えねえ」

「……うん」

どんどん聡子の目から生気が失われていく。このまま黙って見ていても、享司の罪ではないだろう。その場合、聡子は今よりも長く苦しんで死ぬだけだ。

（人は、殺さないで生きていくつもりだったがな）

これ以上、聡子の痛みを長引かせるのは忍びない。

「……れい、ごめん……ね……」

最期に一言、懺悔《ざんげ》するように聡子が呟く。

その目から盛り上がった涙が一筋、頬を流れるのを見届け、享司は心臓にまっすぐ包丁を突き立てた。

「……ッ」

一瞬、聡子の身体が大きく跳ねる。

それきり、聡子から力が抜けた。同時になにか、形のないものが彼女の身体から抜け出した気がした。

——これが死か。

享司が黙禱《もくとう》するように目を閉じた時だ。

「きゃあああ！」

絶叫が武道館に響いた。

出入口に、沙良とありさ、将人が立っている。

7

（うそ……箭竹原《やたけばら》くんが水島《みずしま》さんを……）

沙良《さら》は呆然《ぼうぜん》と、目の前の光景を見つめた。

つい先ほど、校内放送で複数の絶叫を聞き、沙良たちも武道館に向かっていた。

もはや誰のものかもわからない絶叫が折り重なるように聞こえたあと、放送が若干遠くなる。そして瑠華奈《るかな》の声で、ぞっとするような事件の全貌が語られた。

首吊り自殺をしたと思われていた毒川塁子《ぶすかわるいこ》は、焼身自殺をしたわけでもなく、瑠華奈たちによって殺されていた……。

勝ち誇ったように瑠華奈は自分たちのしでかしたことを語っていたが、やがてこの世のものとは思えない絶叫をあげたのだった。

そのあと享司《きょうじ》が武道館に着いた声が聞こえ、錯乱したような嵐山《あらしやま》の雄たけびが聞こえ……それが途切れたあと、スピーカーはしばらく沈黙していた。ぼそぼそと時折音を拾ってはいたが、会話までは聞き取れない。

なにが起きているのかわからないまま、沙良たちは建物に飛びこんだのだが。

「ひ……人殺し！　人殺し！」

ありさが恐怖のあまり、わめきたてた。

享司はなにかを言いかけたが、結局口を閉ざして立ちあがる。彼は聡子《さとこ》の胸に刺さった包丁を抜き、その脇に置いてから玄関を出ていこうとした。

「ま、待って……」

沙良は必死で呼びとめた。無視していくこともできただろうに、享司は足を止める。どんな罵倒も受け止めようとするように。

「なにが……なにがあったの？　箭竹原くん、なにが……」

「なに言ってんの、沙良!?　こいつが殺したところ見たでしょ！　やっぱりこいつはヤクザなんだよ！　この人殺し！」

「りさちゃん、待って。なにか理由が……箭竹原くんが理由もなく人を殺すわけな……」

「あんた、頭おかしいんじゃないの!?　男に媚びるのもいい加減にしなよ！」

ありさの叫び声で、沙良はびくりと身をすくめた。男に媚びているつもりはない。それ以上に、ありさから向けられた敵意にひるみそうになる。

　しかし今は享司のことが先決だ。

「話を……」

頑《がん》として引き下がらない沙良を見て、絶句していた将人《まさと》も我に返ったようだった。冷静さを取り戻すように首を振り、彼は一歩前に出る。

「そうだ、説明してくれ。ここでなにがあった？　さっきの声は……と、これか」

出入口付近に置かれていた細長いマイクのついた機械に気づき、将人が腹立たしげにスイッチを切る。それはなんなのかと目を向けた沙良に、将人が顔をしかめて答えた。

「集音マイクの類《たぐい》だろうね。これで武道館内の声を放送室に送って校内に流し、俺たちをおびき寄せようとしたんだと思う。でもなんらかの問題が生じて、立ち去ったんだとしたら……箭竹原、心当たりはないか」

「さあな。ただ、柚木《ゆずき》の死体と、水島の両腕を持っていかれた。俺らを殺すよりも、先にアレらを回収したがったように見えた」

「死体を回収？　じゃあ、あのキグルミの目的は……」

「さあな。そういうことはそっちで考えろ。あと、そこに倒れてる嵐山には気をつけな。多分、あのキグルミをここに誘い込んだのはアイツだ」

「なんだって？」

「それと、間宮《まみや》がさっきまでその辺にいたが、いなくなってる。見つけたら、一応回収しとけ。毒サソリみたいな奴だから、裏切りには気をつけろよ」

確かに地獄絵図と化した武道館に、瑠華奈の姿はなかった。

亨司は淡々と、自分の知り得た情報を沙良たちに伝えていく。まるでこの先、ともに行動する気はない、というように。

「じゃあな」

「どこ……どこに行くの」

沙良は必死で追いすがった。玲《れい》が殺されたと聞いたのに、涙一つ流せない自分が嫌だった。武道館にはバラバラ死体が散乱しているのに、脅《おび》える心すら麻痺《まひ》している。

ここで亨司を行かせてしまえば、次に見るのは彼の死体かもしれないのだ。そうなっても自分はやはり泣けないのだろうか。

「あのキグルミを追う。多分、旧体育倉庫に向かったんだろう。今度はこっちから襲撃してやる」

「待て」

将人が亨司を呼びとめた。なにかを言おうとしたが、それよりも早く亨司が静かに首を振る。それが全てだった。

ぐっと唇を噛《か》み……将人は諦めたように、バッグから薬品で作った火炎瓶を一つと、口に布を詰め込んだ小瓶を三本取り出した。

「持っていってくれ。薬品を使った火炎瓶と……普通の火炎瓶だ。箭竹原のほうでライターを入手できたら、普通の火炎瓶も使えると思う」

「へえ、火炎瓶用の灯油なんてよく見つけたな。体育館か」

「校長室だ。体育館の灯油ストーブと保管庫の灯油は回収されていたけど、確か校長室にあの当時、灯油ストーブがあったことを思い出した」

「校長室？　はは、そりゃ俺には思いつかねえ場所だ」

　享司が感心したように笑う。

　高校一年の頃から全国模試などで結果を残していた将人は、校長室に呼ばれることがあったのだろう。

　沙良も校長室には入ったことがないし、おそらく毒川塁子も同じだったに違いない。そのため、校長室に灯油ストーブがあること自体、知らなかったようだ。

「ライターがあれば、普通の火炎瓶も使えるか……心当たりがある。行ってみるか」

　享司は自分のショルダーバッグを沙良に渡した。

「それはお前たちで持ってろ。中に変なものが入ってる。西門脇の花壇に埋まってた」

「変なもの？」

「ケータイだ。誰かの忘れ物かもしれねえが、くっついてるものが気になった。暇《ひま》なら、調べとけ」

「み、みんなで意見を出しあったら、わかるかもしれないよ」

「……じゃあな」

しつこく食い下がる沙良たちに呆《あき》れたように、享司は苦笑した。二度目の別れの挨拶《あいさつ》は、今度こそ引き留めようのないものに聞こえた。

包丁は置いていく。分厚いキグルミ相手では、意味がないと判断したのだろう。

木刀と火炎瓶だけを持ち、身軽になった享司は武道館の玄関を出ていった。

「なんで……箭竹原くん」

「とにかくここから離れよう。もうここは安全な場所じゃないみたいだ」

享司の助言を受けて嵐山を柔道着の帯で拘束し、硬い表情で将人が言った。灯りのついた武道館を出て、真っ暗な外に戻るのは恐ろしかったが、確かにここにいたら、キスウサが戻ってくるかもしれない。むせ返る血の匂いで、吐き気もしていた。

沙良が答える前に、ありさは無言で享司とは逆の、出入口から外に出た。自分のことすら拒絶しているような背中にひるみつつ、沙良は彼女のあとを追った。

「ま、待って、りさちゃん。一人じゃ危ないよ」

「……うざいな」

苛立《いらだ》たしげに吐き捨てられた小さな声に、身がすくむ。その声は、あとを追ってきた将人には聞こえなかったようだ。彼は周囲を警戒しつつ沙良たちを促《うなが》し、武道館から体育館のほうに移動した。

「間宮さん、どこに行っちゃったのかな」

暗がりの中、目を凝らしたが、武道館の外にも瑠華奈の姿はなかった。無事なら、なんとか合流したいと思った沙良の斜め後ろで、ありさが小さくため息をつく。

「殺人犯かばうとか……」

「あ……」

京極《きょうごく》かおりたちだけではなく、瑠華奈は毒川㙒子のことも殺していたのだ。ありさが瑠華奈を許せないとしても無理はない、と沙良はうつむいた。

(でも……)

自分の感覚がおかしいのだろうか。罪を犯したことは許せなくても、こんな場所で化け物に殺されるのはあまりにもむごいと思ってしまう。

「間宮のことは気になるけど、校内を捜し歩いた結果、こっちがあのキグルミに見つかる事態は避けたいな。見つけたら保護するってことで、今はこっちに集中しよう」

冷静に将人が言う。

だが玲たちと合流するという目的がなくなってしまった今、次にどうすればいいのか、沙良にはわからなかった。途方に暮れて立ちすくむと、将人が安心させるように微笑《ほほえ》む。

「俺たちがやることは変わらないよ。外に出る方法を探すんだ」

「外に……あの結界のこと?」

「そう。箭竹原があのキグルミを倒したとしても、結界がある以上、俺たちは蔵高《くらこう》から出られない。キグルミを倒したら、同時に消えるかもしれないけど……確実にそうだと言えない以上、俺たちはそっちをなんとかするべきだと思う」

「箭竹原くん、なんで水島さんを……」

「……確証はないけど、水島さんは両腕がなかったから……あれじゃ多分もう助からない。箭竹原は水島さんを楽にしようとしたんだろう。……それでも」

人を殺したのは確かだ、と将人はうめいた。

享司が理由もなく聡子を殺したとは思っていない。それでも普通の日常を送ってきた沙良たちにとって、人が人を殺した場面には衝撃を受けた。今は一緒に行動できても、いつか亀裂が生じるかもしれない。将人はそれを恐れたのだろう。

「それより桃木《ももき》さん、さっき箭竹原が、西門脇の花壇に携帯電話が埋まっていたとか言っていなかった？」

話題を変えるように、将人が尋ねた。

ありさはそっぽを向いたまま、話し合いには参加しない。彼女を気にしつつ、沙良がショルダーバッグをのぞくと、中で、なにかがチカチカと点滅していた。

「これ、私のケータイ……!?」

取り出し、沙良は息をのんだ。

古びたストラップがついた、沙良の携帯電話だ。花壇に埋まっていたためか、あちこちに土がついている。起動ボタンを押すと画面が立ちあがり、未読メールを知らせるポップアップが表示されていた。

「お母さんからだ。何時に帰るの？　って……」

沙良が暴走列車に脅えていた時に受信していたのだろう。今、返信しようにも電波は圏外で、携帯電話として使うことはできそうにない。

ただ、画面の上部に表示された時刻は一月十四日の二十一時十七分となっていた。携帯電話に表示される時間もまた、この閉ざされた学校内のものらしい。

それらのことを将人たちに伝えつつ、沙良は揺れるストラップを見て、唇を嚙んだ。

古びたキスウサのストラップが、沙良を嘲《あざわら》笑っているようだ。

「バッグとかはなくなってたのに、なんでこれだけ……」

しかも花壇に埋められていたとは、なにか意味があるのだろうか。

「そのストラップ、桃木さんは高校の時からつけていたよね」

将人に頼まれ、携帯電話からストラップを外して彼に渡す。携帯電話は少し迷ったが、土を払ってスカートのポケットにしまった。

「うん。編入してすぐの頃、りさちゃんにもらったの。私が蔵院《くらいん》市に引っ越してきた時、ＰＲキャラクターはもう別のものになってたから……」

グッズがもう買えないなんて残念、と嘆いていた沙良を見かねて、ありさがくれたものだった。当時を語る沙良を見て、ありさが複雑な顔で言った。

「いや、別にそれ、拾ったやつだし。誰かの私物って感じでもなかったから、落とし物として届ける必要もないと思って」

「これ、拾ったものだったの？」

「悪い!?　別に自分で買ったとか、あたしのものだとか言ったことないし。沙良が勝手に勘違いしたんじゃん」

「ち、違うの。そういう意味じゃなくて……」

キスウサのキグルミを着た殺人鬼に、キスウサのストラップ。

これはただの偶然だろうか。

「……まさか」

その時、ぽつりと将人が呟いた。どうしたのかと顔を向けた沙良たちを促し、おもむろに正門のほうへ歩いていく。外灯もない敷地内で、太い三日月だけを頼りにして、沙良たちも慌ててあとを追った。

なんとかキスウサに会うこともなく正門に着いたが、やはり、門は固く閉ざされていて、敷地の外は真っ白な霧《きり》で覆われている。

「蔓原《つるはら》、いきなりどうしたの？」

いぶかしげに声をかけるありさに曖昧《あいまい》な返事をし、将人は花壇の周りを調べはじめた。

月明かりだけではよく見えなかったのか、途中で沙良から携帯電話を借り、懐中電灯機能を使ってまで、なにかをしている。

ぎこちない雰囲気だったことも忘れ、沙良とありさは顔を見合わせた。

「……あった」

やがて、将人はなにかを持って戻ってきた。土を払い、手のひらを差し出す。

「これ、私のと同じ……！　な、なんで正門の花壇に」

見せられた古びたキスウサのストラップに、沙良たちは大きく息をのんだ。

将人は慎重にありさに尋ねる。

「江藤《えとう》さん、桃木さんにあげたストラップって、もしかして西門の辺りで拾った？」

「言われてみると、そうだった気もするけど……それがどうかしたの？」

「埋めていたのが出てきてしまったのかもしれない……だとすると……」

将人はひとり言のように呟きながら、そばにあった自転車置き場の陰《かげ》に二人を誘導した。

生徒は一人も残っていないが、自転車置き場には何台もの自転車が停めてある。その陰に潜むと、沙良たちも自転車置き場の陰影の一部になった。

「この学校には東西南北の門と、正門の五カ所に出入口があるだろう？　今、正門脇の石《せき》碑《ひ》を調べたら、土台の隅に小さくバツ印が三つ、彫られていたんだ。その下を掘ったら、これが埋めてあった」

「バツ印三つって、キスマークの意味があるけど……まさか」

ハッと息をのんだありさに、将人はうなずいた。

「『門』に、あのキグルミを象徴するものが埋まっていたっていうのが気になったんだ。もしかしたらこれが結界の正体かもしれない」

「これが結界?」

沙良には、もう生産終了してしまっただけの、ありふれた量産型のストラップにしか見えない。ありさも同じようだが、将人だけは謎が解けたような顔をしている。

「黒魔術でも風水でも、気の流れを操作するためには呪具を用いることが多いんだ。ほら、風水だと、西の方角に黄色のものを置くと金運があがる、とか言うだろう。五方《ごほう》にある『門』は気の通り道だ。そこに呪具を埋めて、内側を外界から切り離したとしたら……もし毒川さんにオカルトの知識があったなら、ありえる話だと思う」

「あの子、そういうの詳しかったよ。でもこれ、ただのストラップじゃん。呪いの道具として使うとかできるの?」

「材質や形状に厳密な決まりごとはなかったと思う。以前、興味があって調べたことがあったんだけど、札だったり水晶だったり木片だったり、地方の風習や宗派によって独自のものが多すぎてね。本気で調べようと思ったら、そっちの分野に進まないといけなさそうだったからやめたんだ」

「オカルトも勉強してるんだ……蔓原くん、すごいね」

思わず沙良が感嘆のため息をつくと、将人はハッと我に返ったように顔をあげた。なぜか焦ったように咳払いをはじめ、眼鏡を指で押し上げる。

「いや、これは勉強じゃなくて、ただの趣味だよ。桃木さんも好きな本を読むだろう? それと一緒だ」

「……いや、自分は普通ですって言いたいんだろうけど変だって」

呆れたようにありさが言う。

抗議する将人と、追い打ちをかけるありさのやり取りを聞き、思わず沙良は小さく笑ってしまった。

ありさが気づき、バツが悪そうにうつむく。そのあと、上目づかいで沙良を見た。

(りさちゃん……)

それは喧嘩《けんか》したあとでありさが示す、仲直りがしたいという合図だった。

沙良が微笑み返すと、ありさがホッとしたように頭をさげた。

「……ごめんね、沙良。あたし、さっきいっぱいいっぱいで、超ひどいこと言った」

「いいの。私、全然気にしてないよ!」

慌てて沙良が首を振ると、ありさは気まずそうに微笑んだ。

「箭竹原もさ……ヤクザの中じゃマシなほうだよね。聡子を殺したのも、大怪我してたから楽にするためだって蔓原に言われて、確かにそうかもしれないって思ったよ。次に会ったら、みんなで行動しよ。固まってたほうが安全だもんね」

「うん……！　そうだよ。みんな一緒がいいよ！」

二人のやり取りを見て、将人も柔らかく微笑んだ。それまでぎこちなかった空気がふわりとほどけ、いつもの一体感が戻ってくる。

「南門……はキスウサと鉢合わせたらまずいか。北門にもストラップが埋まっていたら間違いないよ。全部除去したら、結界がなくなるかもしれない。確かめに行こう」

将人の言葉に、沙良とありさは力強くうなずいた。

三人で校舎を回りこみ、西門前を過ぎて校庭へ向かう。校舎の周りに生えた常緑樹の陰に隠れて移動しながら、将人が緊張感を和《やわ》らげるように小声で話しはじめた。

「結界は『清浄』と『不浄』を区切る目的で使われるものなんだ。この国では昔から、集落の境界に道祖神《どうそじん》を置いて、『外』の厄災が『中』に入ってこないようにしたんだよ」

「どうそじん？」

「うん。『古事記』だと、黄泉《よみ》の国に降りたイザナギがやっとの思いで帰ってきたあと、禊《みそぎ》をする際に脱いだ褌《ふんどし》から生まれたと言われているけど、『日本書紀』だと少し違う。黄泉比良坂《よもつひらさか》で追いかけられる際、イザナギがイザナミを足止めするために投げた杖から生まれたのが岐の神《くなどかみ》……それが道祖神のはじまりという説もあるんだ。ここで結界の役目を成しているのも褌と杖の二パターンあるよね。結界を形成するものに厳密な決まりはなくて、自分に縁のあるものを使うんだと思う」

「塁子さんはキスウサになにか思い入れがあったのかな」

沙良が首をひねると、ありさが言いにくそうにうなずいた。

「キモウサグッズが出てた時はもう疎遠になってたから確実じゃないけど……多分好きだったと思う。限定品をトイレに捨てられたとかで、洗ってるところ見たことあったから。手伝おうとしたけど、汚い手で触らないでって拒否られちゃった」

「そうなんだ。りさちゃんも玲ちゃんたちも力になろうとしてたのに……あれ?」

自分以外の全員を敵だと考えていたらしい毒川塁子に複雑な思いを抱いた時だ。

沙良の視界に、ふっと小さな灯りがともった。校庭から見える、B棟の屋上だ。大きな貯水タンクがある以外はなにもなく、普段は立ち入り禁止になっていた場所。

距離があるため、なんの灯りなのかはよく見えないが、赤い炎のような光がゆらゆらと揺れている。

(あれ、なんだろう……)

「桃木さん! ……ぐっ」

屋上に目を凝らしていた時、沙良は突然将人に突き飛ばされた。

以前キスウサに斬りつけられた腕が激しく痛む。混乱しながら振り返った沙良は思わず声をあげた。

「蔓原くん!!」

将人が校庭に倒れている。

彼の背後にはいつのまにか拘束していたはずの嵐山が立っていた。帯を引きちぎったのだろうか。

山のような体軀《たいく》で、頬に何本もの爪痕が刻まれた姿はまるで化け物だ。嵐山は虚《うつ》ろな目で倒れた将人を見おろし、握っていたこぶし大の石を彼めがけて振り上げた。

「やめてえ!」

とっさに将人の上に覆いかぶさった瞬間、がつん、と側頭部で爆弾が破裂したような衝撃を受けた。あっという間に沙良は意識が遠くなる。

どこかでありさの悲鳴が聞こえた。逃げて、と言いたかったが、口すらも動かすことができない。沙良はそのまま、意識を手放した——。

＊　＊　＊

沙良たちが武道館を出る頃、享司は一人、A棟の四階に向かっていた。

一年生の教室がずらりと並ぶ中、生徒指導室がある。そこで享司は高校一年の一月半ば、煙草を吸っているに違いない、と学年主任の男性教師に言いがかりをつけられたことがあったのだった。

学校を休みがちだったことと家業のことで、以前から目をつけられていたのだろう。間の悪いことに、享司は当時、煙草こそ吸っていなかったものの、叔父から拝領した高価なオイルライターを持ち歩いていた。持ち物検査をする気満々の学年主任をあおって注意をそらし、その隙にライターを室内の書類棚に隠して事なきを得たが、

(あのあと、すぐに指導室を追い出されたからな……)

ライターを回収するまで、確か数日かかったはずだ。自分が今、高校一年時の一月十四日にいるのなら、あるいは、と享司は生徒指導室に向かった。

非常事態だと割り切り、生徒指導室の扉を蹴り破る。スイッチを押しても灯りのつかない室内に舌を打ちつつ、手探りで書類棚の奥をあさった。

「当たりだ」

なじみ深いオイルライターの感触に、享司はにやりと唇をゆがめた。

試しに着火してみると、問題なく火がついた。長居をすることなく指導室を出て、まっすぐに旧体育倉庫に向かおうとする。

その前に一本、煙草を吸おうと、ポケットから箱を取り出し……、

「……よお」

　中央棟の角を曲がって現れた巨大なキグルミを見て、享司は咥《くわ》えかけた煙草をへし折り、廊下に弾いた。

　キスウサは片手に血に濡れた斧を、もう片方の手にはすらりとした万能包丁を持っていた。白色の全身を茶褐色と真紅の汚いまだら模様に染め、淡い月光を浴びて佇《たたず》んでいる。

「逃げも隠れもしねえんだな。あー、毒川塁子……だったか」

　左手の指の股に引っかけるようにして火炎瓶を持ち、距離を測る。

「正直、どんなツラだったかも覚えてねえんだがな。こっちは一年の時、あんまり学校に来てなくてよ」

　キスウサは答えることなく、武器を手に、享司との距離を詰めてくる。

「いじめられて殺されたとなりゃ、復讐するのはまあわかる。見てるだけで助けなかった連中を恨むのも、わからないでもねえ。だが、お前を助けようとした柚木たちもぶっ殺すってのは、ちょっと雑すぎやしねえか」

『……』

「筋を通さねえのは違うだろう。柚木の死体をどこにやった」

『……ガウ』

　キスウサがぼそりとなにかを言ったが、はっきりとは聞き取れなかった。少なくとも、享司の問いかけに対する回答ではないようだ。

「答える気はねえか」

キスウサは今、玲の死体と聡子の両腕を持っていない。旧体育倉庫に死体を置いたあと、享司を追ってきたのだろうか。

それならそれで構わない。キスウサを倒したあとで取りに行くだけだ。

（せめて……）

一つだけでも、叶えてやりたいことがある。

ポケットの中で、納まるべき場所に納まれずにいる金のブレスレットが音を立てた。

「義理も果たさねえで暴れるなら、ここで死んどけ！」

『……ガウ、チ、ガ……ガウ、オ前、ハ、違、ウンダヨオオオオオ！』

享司の一喝を掻き消すように、キスウサが怒鳴り、襲いかかってきた。

（俺は違う？）

なんのことだ、と眉をひそめたところを狙い、キスウサが斧を振りかぶる。

十分予想していたことだ。うなりをあげて振り下ろされた斧をよけ、享司はライターで火炎瓶に火をつけた。薬品で作られたほうではなく、灯油製のほうだ。

布が燃え、辺りが炎で包まれる。

全身を激しく震わせ、即座に身をひるがえしたキスウサめがけ、享司は二本の火炎瓶を投げつけた。キグルミの本体に当てても瓶が割れないことを見越し、足もとを狙う。

だが瓶が床に落ちる直前、キスウサが振り返り、手斧で火炎瓶の口を切り落とした。

「……おいおい」

導火線が切り落とされ、瓶が廊下に転がる。床にこぼれた灯油を踏み越え、キスウサは中央棟のほうに逃げていった。

「俊敏すぎるだろうが」

恐怖するより先に、享司は呆れた。

焼けただれた身体《からだ》で重いキグルミを着て超人的な動きをする存在……ここで自分がキスウサを倒しておかなければ、沙良たちにはどうすることもできないだろう。

自分が倒す、と享司はごく自然に考えた。

誰もかれもが、できることをするだけだ。

「どこ行く気だ」

迷いのない足取りで中央棟を逃げるキスウサを追いながら、享司は違和感を覚えた。走りかたに焦りや迷いがなさすぎる。なにかを企んでいる者の走りかただ。

キスウサはB棟と中央棟の間にある中央階段を駆け上がり、屋上を目指しているようだ。鍵が閉まっているはずの屋上の扉を開け、その先へ向かう。

（まずいな）

キスウサを追ってB棟の屋上に足を踏み入れ、享司は若干緊張した。冷たい北風が吹きすさぶ屋上で、斧を持ったキスウサが貯水タンクに向き合っている。

「……おい」

こちらに背を向けたキスウサとの距離を詰めながら、享司は眉をひそめた。

強風の中では火炎瓶の効果が半減する。第一、キスウサが貯水タンクを破壊すれば大惨事だ。下手に刺激してはならない、と慎重に近づきつつ、享司は嫌な予感を覚えた。

キスウサは不自然なほど、微動だにしない。

その時、強く風が吹いた。

「……ッ！」

キスウサがゆっくりと倒れ、頭部が転がる。中は空だ。胴体にはウレタンがつまっているため型は崩れないが、首もとの真っ黒な穴が、享司を嘲笑うようにこちらを向いている。

享司はとっさに飛びのいた。……否、飛びのこうとした。

「……ぐっ」

背後から、脇腹に痛みが走る。傷はさほど深くない。ただ背後から襲われたことに緊張し、後方を思い切り殴りつける。ぐちゅりと粘《ねば》ついた柔らかい感触がした。

『ヒイイィ……』

背後にいた、枯れ木のように細い人影がべしゃりと地面に倒れた。軽い音を立て、包丁が地面に落ちる。

「お前……」

享司を背後から刺したのは、ボロボロの制服を着た、焼けただれた女生徒だった。顔面は火であぶられ、顔の判別もつかない。手足も重度のやけどで肉が剝《は》がれ、骨が見えていた。

人体を一刀両断する怪力の持ち主とは思えなかった。現に、不意をついて享司を背後から刺したというのに、一センチほど肉を切っただけだ。

「……毒川、か」

少女は答えず、キグルミのもとへ昆虫のように四肢を曲げて這《は》っていった。彼女が進むたび、グチュグチュと手足の肉がつぶれるような音がする。

そのみじめさに、享司はとっさに追うことを忘れた。今が唯一の好機だと、頭ではわかっていたのに。

少女はキグルミのもとにたどり着くと、ぬるりと芋虫のように中に入る。そして化け物じみた強さで跳ね起きると、再び享司に襲いかかってきた。

「……っ！」

キスウサの手に斧が光る。胴体はかろうじてかばったが、二の腕が深く斬られた。

一撃、二撃、三撃……。

キスウサが斧を振るうたび、享司の身体から鮮血が舞った。

「ち……！」

キグルミを脱いだ時と着ている時とで、素早さも力の強さもまるで違う。毒川罣子は単に、正体を隠すために被り物を着ていたのではなく、キグルミ自体が彼女に人外の力を与えているらしい。

（どういう理屈なのかはわからねえが……）

せめて、毒川罣子の被っているキグルミをなんとかしなければならない。

そう思うものの、享司は防戦一方に追い込まれていた。

木刀が折られた。残しておいた灯油入りの火炎瓶を前に突き出したが、それも半分に切り落とされる。

ここにきて享司は激しく動揺していた。

先ほど、キグルミのもとに這っていく少女の頬に、涙が伝っていた。羞恥《しゅうち》と屈辱と恨みと苦しみに満ちた涙が。

「くそ……！」

享司のためらいを嘲笑うように、キスウサが懐に飛び込んできた。

『クケケ……ケケケケ！』

怪鳥《けちょう》のような声で笑い、キスウサは斧の刃を享司のみぞおちに埋めこみ……真一文字に引き裂いた。

「──……ッ」

みぞおちの奥には腹腔神経叢《ふくこうしんけいそう》があり、各内臓器官につながる神経叢が集中している。それらを断ち切られた衝撃で、享司の身体は本人の意思を無視して停止した。

「か、は……ッ」

屋上の端にあるフェンスに背中から激突し、享司は座りこんだ。

ごぼりと大量の血が口からあふれ、呼吸が止まる。

『ケケケ、カカカカ!』

嬉しそうにキスウサがはしゃいでいる。勝利を確信したのだろう。

そうだろうな、と思いつつ、享司は薄れゆく意識を総動員し、スーツの内側に片手を差し入れた。隠し持っていた、薬品入りの火炎瓶のふたに指が触れる。平常時なら一秒もかからずにやってのける作業が、今は途方もなく困難だ。

『クケケ、ケケ……』

キスウサは気づかないようで、ウキウキと弾むような足取りで近づいてくる。なにかを考えこむように一度沈黙し、やがておもむろに手を享司のみぞおちに突っこんだ。

「……ッ」

腹の傷に手を突っこまれた激痛で、一瞬意識が浮上する。

享司は力を振り絞り、瓶のふたを開けた。ふたに挟まっていた糸が緩み、くくりつけられている固形物が瓶の底に落ちる。

その瞬間、ゴウ！　と炎が噴きあがった。

『ケケッ……ヒ、ヒイイイィ！』

享司のスーツに炎が燃え移る。先ほどキスウサの猛攻を防ぐ際、あえて火炎瓶を斬り落とさせた。こぼれた灯油はたっぷりとスーツに浸みこんでいる。

「逃がさ、ねえ……」

自分自身を火種にし、享司は逃げようとするキスウサの左腕に腕を絡めた。

慌てふためいたキスウサが、右手の斧で享司をめった切りにする。

それでも腕だけは放さない。

(俺は)

裏社会に身を置く家に生まれたことは後悔していない。幼い頃は何度か両親を恨んだものだが、中学にあがる頃にはここにいるからこそ、できることもあると知った。

一般人に忌避《きひ》される「力」で守れるものがあるのなら……そのために死ぬなら、悪くない。

ゆえにこの結末はきっと——自分にとって理想的だ。

(——あと、は)

全身を炎に包まれながら、享司はかろうじて動く片手でポケットを探った。

取り出した「モノ」をライターに巻きつけ、

(たのんだ)

後ろ手に、それを屋上から投げ落とす。

そして思った。

……まあまあ、悪くない人生だった――。

＊　＊　＊

「う……ん」

沙良は吐きそうな不快感の中で目を覚ました。

身じろぎした瞬間、こめかみが割れそうなほど痛んだ。頭を押さえようとしたが、腕は動かない。両手と両足をそれぞれ縛られ、床に転がされているようだ。

「ここは……」

頭痛を堪《こら》えながら沙良は周囲を見回した。

小さな部屋だ。また時間が戻ったのだろう。天井近くにぐるりと設置された小窓から、夕日が差しこんでいる。

赤く照らされた室内は火災のあとが見てとれた。コンクリートの壁は真っ黒に焼けていて、そこかしこに炭化したがれきや木材が散乱している。その中に、テニスコートのポールや、陸上で使うハードル、得点板などがある。

(まさかここ、旧体育倉庫?)

なぜこんなところにいるのだろう。

錯乱する寸前で、沙良は自分の身に起きたことを思い出した。

将人とありさとともに北門に向かう際、忍び寄ってきた嵐山に襲われたのだ。

倒れた将人をかばったことは覚えているが、殴られたあとの記憶がない。おそらく気絶したあと、この場所に運ばれたのだろう。

旧体育倉庫の鉄扉には鍵がかかっている。

少し離れた場所に、享司から預かったショルダーバッグと、将人の持っていた手提げ袋が置いてあった。中身は捨てられているようで、バッグは二つとも空だ。

(蔓原くんは……まさか、死……)

最悪の想像が脳裏《のうり》をよぎり、沙良は必死でその考えを振り払った。

将人があんなところで死ぬはずがない。彼はきっと生きている。

「なんとかして逃げないと……」

今、旧体育倉庫内に嵐山はいない。急いで周囲を見回した時、沙良は少し離れたがれきの隅にありさを見つけた。

地面に転がされていた沙良とは違い、ありさは椅子にロープで縛られている。両手を肘掛けに、両足を椅子の足にそれぞれくくりつけられ、腹も背もたれに固定されているようだ。

——キュイィ……。

沙良たちが互いに名を呼びあった時、突然電子音が響き、倉庫の奥が明るく光った。

それまで気づかなかったが、少しも焦げていない映写スクリーンが壁にかかっている。

床にプロジェクターが置かれていて、インターネットの検索画面が映し出されていた。

旧体育倉庫に夕日が差しこんでいるため見えづらいが、映し出されている映像はかろうじて確認できる。

(……なにが起きるの?)

不安に身をすくませた沙良の前で、スクリーン内で矢印型のポインタが勝手に動き、左脇に作られた「お気に入り」欄へ移動する。登録されているサイトは一つだけだ。

『今日のブス』

「ひっ……!」

ありさが悲鳴をあげる。

カラフルな文字で「今日のブス」とタイトルが輝くブログが表示された。

『きょおのしたぎ！　おぶすなブスちゃんの肉体美ー。コメ、五十いったら、ブラ取るよお！　ちっさいけど、ゴメン（汗汗汗）』

絵文字や記号がふんだんに使われた、写真つきの記事だった。

使われている室内の備品から、蔵院高校の更衣室だと沙良にもわかる。周囲にいる女生徒には全員ぼかしが入っていたが、正面にいる被写体の少女だけは違う。うつむき、長い髪で顔を隠しているが、花柄の下着姿がはっきりと映っていた。

「な、なにこれ……」

明らかな隠し撮り写真に、沙良は愕然《がくぜん》とした。

記事は五十件以上も投稿されていた。楽しそうに友達と一緒に歩いている生徒の中、一人ぼっちで歩いている少女の写真。鼻や舌を思い切り引っ張られ、顔の判別がつかないほどの「変顔《へんがお》」をさせられた写真。それどころか、暴力を受けているように見えるものもある。

（これ、調理準備室で聞いた、塁子さんのいじめブログ……？）

ブログの記事は一貫して、少女が楽しげに自分の学校生活を紹介する形を取っていた。雑巾が浸ったままの灰色の汚水に弁当の中身が捨てられた画像に『きょおのスペシャル☆ランチ！』と書かれた記事を見た時、沙良は吐き気を覚えた。

陰惨な画像と、底抜けに明るい文章のミスマッチさがあまりにも醜悪だ。

「ひどい……こんなの、ひどすぎる……」

「……やだ……も、やめてぇ……」

旧体育倉庫の隅で、ありさが泣き声をあげた。友人がいじめられていた痕跡をこんな形で見せられたのなら当然だろう。

縛られたままの四肢を動かし、沙良がなんとかしてありさのもとに行こうとした時だ。

突然、スクリーンの裏から、のそりとキスウサが現れた。

なぜか左腕部分は燃えて失われていて、中から焼けただれた細い少女の左手が突き出している。真っ赤に焼けた肉の臭いと、形容しがたい悪臭が沙良のもとまで漂ってきた。

「ルイルイ……ゆ、許して……！」

突然、ありさが震える声で叫んだ。

「仕方なかったの！　言うとおりにしないと、次はあたしが……。ルイルイは強いから平気だろうけど、あたしはダメだもん。あんなことされたら死んじゃう！」

「りさちゃん……？」

ありさはなにを言っているのだろう。

沙良は混乱しつつ、床に転がされたままありさとキスウサを見つめた。

『キャハハハ！』

その時、スクリーンに映されていた映像が突然変わった。

ブログではなく、スクリーン一杯に動画が映し出される。

見たこともない薄汚れた小部屋だ。建設途中の倉庫に見えるが、そこに複数人の少年少女が映っている。全員、蔵院高校の制服を着ていて、沙良もよく知る人たちだった。

髪をゆるく巻き、薄化粧だがハッとするほど華やかな瑠華奈。今よりはだいぶ痩せているがそれでも大柄で素行が悪そうな嵐山。髪を染め、ちゃらちゃらとピアスやネックレスをつけた青井《あおい》たちサッカー部の面々と、派手な化粧をした卯月桜《うづきさくら》。

まだ高校生の七人が楽しそうにこちら側を見おろしている。

『いいじゃん。すっごく似合ってるよー、ブス川？』

ぎらつくほどの笑顔で瑠華奈が笑う。

『高一でタトゥー入れてる子なんていないよ？　大人じゃん』

『へへっ、俺、彫り師の才能あるかもな。将来、そっちに進むかあ？』

その隣で、嵐山が五本ほど束ねた裁縫用の針を手に、満足そうにうなずいた。もう片方の手には墨汁を持っている。

彼らがなにをしているのか、沙良には一瞬わからなかった。しかしスクリーンの手前側から、苦痛を嚙み殺した荒い息が聞こえていることに気づき、ハッとする。

「ブス川って……まさかこれ、塁子さんの……」

沙良は今、毒川塁子の視点で、凄惨《せいさん》ないじめの現場を視《み》させられているのだろうか。四年前の一月十四日を繰り返している今、ありえないことだとは思えなかった。嵐山の持っている針と彼らの会話から察するに、今、塁子は……、

（無理やり刺青を……？　そんな……ひどい）

呆然とする沙良の前で、瑠華奈は笑っていた。相手の苦痛や絶望をなによりも楽しんでいるような、恍惚とした表情。

『……ねえ、ちゃんと撮ってる？』

不意に瑠華奈が自分の背後を振り返った。嵐山が脇にずれ、背後に立っていた少女の姿が見える。

『もっと近くで撮ってよ。あとでそれ使って、あんたがブログ書くんだから』

『う、うん。でもこれはちょっと、さすがに……あはは』

『なんか文句ある？　あ、おそろいのタトゥー入れたいとか？　あんたら、トモダチだったもんね？』

『そ、そういうわけじゃないの！　ごめん、ちゃんとカメラマンやるから！　いいよー、すごくイケてるよーっ！』

『きゃはは、その言い回し、なんかエロいし！』

甲高く笑う瑠華奈に追従するように、皆が塁子をはやし立てる。

「いや……いやあああ、違うのおおおお！」

旧体育倉庫でありさが絶叫した。

しかし沙良は動けない。スクリーンの中で瑠華奈たちと笑っている「ありさ」から目が離せなかった。

「違う！　これは違うの……っ、そ、そう、あたしも脅《おど》されてたの。協力しないと家燃やすって……家族も殺すって言われて仕方なく……あ、あ、あたしはこんなことしたくなかった！　あたしじゃないのおおお！」

ありさの言っていることが本当か嘘かはわからない。沙良にはそれを判断するだけの材料がない。わかるのは今、見えている光景だけだ。

（あのブログ、りさちゃんが書いたんだ……）

あんなひどいブログを書き、ありさも塁子をいじめていたのか。

すうっと沙良はめまいを覚えた。

その時、いきなりキスウサがスクリーンを引き倒した。プロジェクターが自動で止まり、音声と映像が掻き消える。

「え……」

スクリーンの後ろには三人がけの長テーブルが置かれていた。

テーブル上に、全裸の少女が一人横たわっていた。

生きているのかと思ったが、違う。継ぎはぎだらけだ。肩と腕が、腕と手首が縫い合わされ、足にも腹部にも首にも縫い痕が走っている。

艶《つや》やかで長い黒髪は鳥海舞《とりうみまい》のものに似ている。ほっそりとした足は玲のものに似ている。大きく盛り上がった胸は神林《かんばやし》美智子《みちこ》と同じくらいのボリュームだ。

「……つなぎ、あわせたの……?」

まさか、と沙良は呆然と呟いた。

自分をいじめた相手だけではなく、一年A組の元クラスメイトを全員、この閉ざされた蔵院高校に連れて来たのは、「コレ」が目的だったのだろうか。外見のパーツは女性から、内臓として使えるパーツは男性から奪うためで……。

「新しい身体を、作る気なの……?」

それまで沙良を無視していたキスウサが、ゆっくりと振り返る。

『クケケ!』

真っ赤な唇が、まるで血を吸ったようにぎらついた。

＊　＊　＊

「……痛……ッ」

ゆっくりと意識が浮上し、将人はうめきながら起きあがった。

動くだけでズキズキと側頭部が痛む。

目覚めて真っ先に目に飛び込んできたのは、燃えるような夕焼けだ。

嵐山に襲撃され、殴られて意識を失った。……そのまま二度目の「一月十四日」が終わるまで気を失っていたらしい。

慌てて周囲を探したが、嵐山だけではなく、沙良とありさもいなかった。

「早く助けに行かないと……」

側頭部から流れる血を雑にぬぐい、将人は立ちあがった。どこに行けばいいのかもわからないまま、やみくもに走り出そうとする。

その時、校舎の陰から歩いてくる人影が見えた。

「……ッ」

嵐山だ。運よく先に気づき、将人はそばにあった常緑樹の陰に身を隠した。

「うー……あー……」

頬や太ももから流れる血もそのままに、嵐山はゆっくりと歩いてきた。だらりと垂らした片手に斧を持っていたが、その切っ先は重そうに地面を引っ掻いている。

将人が先ほどまで倒れていた場所に来た嵐山はぼんやりと、ただその場に佇んでいた。

「あー……あおー……」

（俺を捜しにきたんじゃないのか？）

将人は緊張しながら、物陰からそっと様子を窺《うかが》った。

嵐山はその場でうなるだけで、周囲を見回すことも、逃げた将人を捜すこともしない。

そんなことは思いつきもしないように、やがてゆっくりときびすを返した。

まるでゲームや映画に出てくるゾンビのようだ。この極限状態の中で、ついに正気を手放してしまったのだろうか。

（喜ぶのはひどいけど……）

ひとまずは助かった、と将人は頬に伝った汗をぬぐった。

嵐山は誰かの命令で動きはするが、想定外の行動には対応できなくなっているようだ。命令者が誰なのかは、改めて考えるまでもない。

（箭竹原は失敗したのか）

ギリ、と唇を嚙みしめた。享司が死ぬなどありえないと思いたかったが、殺されたかもしれないと考えた時、将人は心のどこかで納得してしまった。

いじめられた末に殺された女生徒という存在は、多分享司の中では庇護の対象だろう。興味や関心のあるなしで敵味方を決めてしまう将人とは違い、享司は多分、自分で思っている以上に「弱者の味方」だっただろうから。

「俺は、桃木さんたちを助けないと」

感傷を振り払うように、将人はするべきことを呟く。

沙良とありさを拉致したということは、すぐに殺すつもりはないのだろう。

キスウサがまだ健在で、嵐山がその手下になっているとなると、沙良たちを助け出すだけではなく、この蔵院高校から脱出する手段も考えなければならない。対策を立てずにやみくもに二人を捜し、助け出せたとしても、いずれ追いつめられて殺されるだけだ。

なればこそ、陽が出ている今、やらなければならないことがある。

「……よし」

将人はまず、自分の所持品を確認した。ショルダーバッグと手提げ袋は両方持ち去られていたが、ポケットに入れていた二つのキスウサストラップは無事だ。

ゆえに、まずは北門に向かう。

花壇に置かれた石碑を調べると、碑の裏に小さくバツ印が三つ彫られた箇所が見つかった。その下の土を掘り返すと、キスウサのストラップが出てくる。

「これで三つ。……間違いないな」

毒川塁子はキスウサのストラップを使い、蔵院高校の結界を作ったのだろう。

東西南北の門と正門の五方に陣を張る方法は、古くから言い伝えられている。しかし正門に当たる場所は、本来「中央」だ。古来の呪法に倣《なら》うなら、正門の花壇ではなく、校庭の真ん中にストラップを埋めるべきなのに。

「手順も論拠もめちゃくちゃだ」

将人が知る限り、毒川塁子のやりかたでは結界など張れないはずだ。将人が知らないだけで、塁子の方法が正しかったのか、塁子にはデタラメな方法で結界を張るだけの、特異な力があったのか……。

せめて沙良がストラップを捨てていたら、と考えかけ、将人はその思いを振り払った。沙良は親友のありさからもらったものだと思っていたからこそ、何年も大切に持っていたのだろう。

その結果、蔵院高校の結界は完成し、沙良はこの、封鎖されている蔵院高校に呼ばれてしまったのだとしたら……。

「桃木さんは本当に偶然ここに……。なら、なおさら、彼女だけは……」

三つのストラップを握りしめ、残りの二つを除去するために東門に足を向ける。

「……？」

その時、視界の隅でなにかが光った。

気のせいかと思い、プールを回りこんで東門に向かおうとしたが、

「なんだ……？」

再び、チカリとなにかが光る。

ちょうど校庭に面したＢ棟の角で、なにかが夕日を反射しているようだ。そういえば嵐

山に襲われる前、B棟の屋上に灯りが見えたが、それと関係があるのだろうか。

妙に気になり、将人はB棟に近づいた。

B棟の真下に作られた茂みで、「ソレ」を見つける。

「……ライター」

見覚えのある金細工のブレスレットが絡んだ、オイルライターが落ちていた。

＊　＊　＊

旧体育倉庫内で、沙良はくらりとめまいを覚えた。目の前ではキスウサが、むき出しの左手で、愛しそうに継ぎはぎだらけの死体をなでている。

（あれは……なに）

キスウサは焼けただれた肉体に代わる、新たな自分の身体を作ろうとしているのだろうか。そのために元一年A組の男女を殺し、死体のパーツをつなぎ合わせたのだろうか。

椅子に縛られたままのありさがヒステリックな悲鳴をあげていた。

キスウサはひとしきり死体をなでたあと、ゆっくりと沙良たちに向きなおった。手にした斧で、沙良とありさを交互にさす。

『ドッチカ』

「え……？」

『心臓……ドッチカ』

沙良かありさのどちらか一人、心臓を差し出せと言っているのだろうか。

（そんなの……）

絶望的だ。選ばれなかったほうも生かして帰してもらえるとは思えない。

「あ、あたし……」

沙良が呆然とした時、不意にありさが震える声で言った。

塁子を助けられなかったことを後悔していると、ありさは調理準備室で言っていた。瑠華奈たちに対する恐怖に負けて一度は裏切ってしまったが、今度こそ、塁子のために身を差し出そうというのだろうか。

それとも……もしかして沙良のために？

（りさちゃん……）

沙良は息をのんだ。そして熱い感情が胸にこみ上げてきた。

ありさのその気持ちだけで十分だ、と沙良も名乗り出ようとした時だ。

「あ……あたしを助けて」

「え」

耳に飛び込んできた一言が理解できず、沙良はぽかんとした。

ありさは沙良を見もせず、キスウサに笑いかけた。がたがたと震えていたが、口もとには笑みが貼りついている。

「い、いろいろあったけど、あたしら、中一の時は仲良かったよね？　学年キャンプの時、一緒の班でさ。寝る前、恋バナしたよね。ルイルイにはくだらないって言われちゃったけど、あたしはあれが今でも一番大事な思い出だよ。あとルイルイが学校でめっちゃ咳してた時は風邪薬あげたし、教科書忘れた時は見せてあげ……」

「りさちゃん……」

「うるさいな！　代用品は黙ってて！」

ありさが思いきり沙良を怒鳴りつけた。

びくりとした沙良を見て、ありさは口もとをひくつかせ、バカにしたように笑う。

「沙良はルイルイの代用品なんだよ。編入してきたあんたに、みんな親切だったでしょ？　あれ、ルイルイにできなかったことを代わりにやってただけだから」

「え……」

「ああすればよかった、こうすればよかったってみんな、後悔してたからさ。……ねえ沙良、みんなに親切にしてもらえて高校時代、楽しかったでしょ？　もしかしてああいうこと全部、自分が人気者だから当然だって思ってた？　残念でした！　そんなことあるわけないじゃん」

棘《とげ》のあるありさの台詞《せりふ》に、沙良は呆然とした。

(自分が人気者だなんて思ったことないけど……じゃあ私、最初から……)

確かに将人も玲も、他の皆も編入したての自分にとても親切にしてくれた。あの時からずっと、彼らは沙良の後ろに毒川昱子を見ていたのだろうか。助けられなかったクラスメイトに対する罪滅ぼしで、沙良に優しかったのだろうか。

「代用品なら、その役目を果たすべきでしょ。……ね、ルイルイ。お願い、助けて」

呆然とする沙良を無視し、ありさは猫なで声でキスウサに訴えた。眉をさげ、甘えるように頼みごとをするありさの姿は沙良も何度も見てきた。ありさにこの顔をされると突っぱねることができなくて、沙良もよく彼女の「お願い」を聞いてしまったものだ。

少し考えたあと、キスウサはこくんとうなずいた。

「ほんとっ？　ありがとうルイルイ。大好き！」

照れたようにつんとそっぽを向き、キスウサは包丁を手に、ありさのほうに向かった。期待させてから刺す、ということはせず、キスウサはありさのロープを断ち切っていく。

両手、両足、胴体のロープが次々と地面に落ち、ありさは自由の身になった。

「ありがと、ルイルイ！　じゃあね……元気でね！」

ありさは満面の笑みで立ちあがり、キスウサに勢いよく抱きついた。

どこにでもある、仲のいい友人同士の挨拶だ。親友とハグをするように頬をすり寄せ、親しげに別れの挨拶を述べる。

そしてありさが離れようとした時……、

『……違ッタ』

キスウサが落胆したようにため息をついた。

「え？」

『友……バウ、ト、思……ノニ……』

「ぐ、え」

ボギ、とありさの脇腹辺りで、濁《にご》った重い音がした。

「げ……あ、やめ……ぐ、ぐる、し……ルイ……」

ボキボキゴキ、と立て続けにありさの身体から音が鳴る。一見、親しげにハグをしているだけに見えるのに、ありさの顔が苦悶《くもん》にゆがんだ。

（り……りさちゃん……？）

「やべで……ル……ういうい、あええ……」

瞬《またた》く間に、ありさの声が濁っていく。ルイルイやめて、と呟く口から泡がこぼれる。

やがて全身を痙攣《けいれん》させせながら、ありさの白目がグルンと裏返った。

「あえ」

ゴキン、とひときわ大きな音とともに、ありさの上半身がゆっくりと後ろに倒れた。背中をそらす、という言葉でも足りない。彼女の後頭部が自分のふくらはぎに激突する。

「り、さちゃ……」

なにもできなかった。沙良はただ茫然と、目の前の光景を見つめた。

キスウサが手を放すと、ありさはゆっくりと崩れ落ちた。床で痙攣するありさを残し、キスウサは沙良のもとに歩いてくる。ぎらつく包丁を手にして。

(わ、たしも……)

殺されるのだろうか。

そうとしか思えない。二つ折りになったありさから目が離せない。

『クケッ……ケケ!』

キスウサが沙良に包丁を突きつけ、くるくると動かした。沙良の恐怖心をあおるかのように。

(ああ……)

もうダメだ、と沙良は思った。縛られていて逃げられないし、もし縄をほどかれたとしても動く気力が湧いてこない。ありさの最期が頭の中をぐるぐると回っている。

(蔓原くん……)

無意識に、将人のことを呼んでいた。きっと生きているはずだ。将人がそう簡単に死ぬわけがない。

助けてほしい、とはもう言えない。そもそもありさが言っていた通り、沙良が塁子の代用品だとしたら、将人が本当に助けたいのもまた、自分ではないのだろう。

だからこそ、ただ願った。

「……逃げて、蔓原くん……」

――せめて、あなただけでも。

頬を伝う涙すらぬぐえず、沙良は縛られたままできつく目を閉じた。

「桃木さんたち、そこにいるかな」

その時、旧体育倉庫の外から声が聞こえた。

8

聞こえた声が本物なのか幻聴なのか、沙良《さら》はとっさに判断がつかなかった。

「つるはら、くん……?」

「ああ……無事だったか、よかった」

扉を一枚挟み、外から将人《まさと》のホッとした声がする。声もしっかりしているし、大きな怪《け》我《が》もないようだ。彼が無事だと知った瞬間、心が震えた。

「中にいるのは桃木《ももき》さんと江藤《えとう》さん。そしてキスウサ……というか、毒川《ぶすかわ》さんの三人であってるかな？」

「あ……」

少し離れた場所で二つ折りにされたありさはもう動かない。

だがそれを自分の口から説明できず、沙良は口ごもった。その沈黙を敏感に感じたのか、将人は次に、ありさの名を呼んだ。返事がないことで、彼女の身に起きたことを察したのだろう。旧体育倉庫の外で、将人が小さくうめいた。

少し、沈黙が落ちる。

動揺を意思の力で抑えこんだのか、将人は再び話しはじめた。

「桃木さん、そこにある死体は動かされてない？」

「え……」

「その、継ぎはぎだらけの死体だよ。まだちゃんとあるかな」

「蔓原《つるはら》くん、なんで知って……!?」

ハッと息をのんだ沙良以上に、キスウサが動揺した。包丁を取り落とし、それにも気づかない様子で長テーブルに寝かせた死体と旧体育倉庫の扉をせわしなく見比べる。

キスウサの動揺が伝わったように、将人がふっと笑った気配がした。

「よかった。まだそこにあるみたいだね。……毒川さん、取引をしよう。桃木さんを解放してくれ」

威嚇《いかく》するようにキスウサがうなり声をあげた。扉越しに殺気を叩きつけられたが、将人はひるまない。

「東西南北の門と正門で、花壇に埋まっていたストラップを見つけたよ。五つとも、火をつけたら気持ち悪いくらい簡単に燃えた」

『キイイィ――ッ！』

「ストラップを燃やした直後、結界が消えて、門も開いたよ。……まったく、呪具を一つ見つけただけで、全部が芋づる式に解決するなんて、俺のほうが驚いた。普通はもっとひねるだろうに……毒川さんが面倒くさがりな性格で助かったかな」

『消エロ……死ネエ！』

キスウサが呪詛《じゅそ》の叫びを放つ。外にいる将人が苦笑した。

「もう俺の身体《からだ》はいらないのか。確かに、俺は目も悪いし、身体能力も高くないけど……脳みそくらいは狙われているかもしれないって、うぬぼれていたんだけどな」

「蔓原くん、なにを……」

先ほどから、将人の声には迷いがない。キスウサが大勢の死体をつなぎ合わせ、一人の人間を作っていることをすでに知っていたようだ。

「毒川さんにとって『ソレ』は大切なものなんだろうね。でもあれだけ頻繁に外に出ていたら、隙をついて忍びこむことは簡単だよ。きみが校長室に全施設のスペアキーがあることを知らなくて助かった。あそこのスペアキーは手つかずだったからね」

チャリ、と外で小さな音が聞こえた。将人がスペアキーの束をいじったのだろうか。

(蔓原くん、校長室で灯油の他に、鍵も……？)

なんて用意周到なのだろう、と沙良は大きく息をのんだ。

『ギイ!? ギ、ギイイイイ!!』

キスウサは奇声を発しつつ、何度も長テーブルの死体を振り返った。目を離したら、死体が消えてしまうのではないかと恐れているようにも見える。

キスウサにとって、継ぎはぎだらけの死体が大切なことは疑いようがない。そして、大切なものとは時として、なによりも厄介な弱点になるのだろう。

将人は十分にそれを理解した上で、穏やかにキスウサを脅《おど》していた。

(蔓原くん、怒ってる……)

もはや疑いようもない。将人は明らかに、キスウサに激怒していた。

将人の変化に呆然《ぼうぜん》とした時、沙良はふと、少し離れたところに落ちている包丁に気づいた。キスウサは自分が包丁を落としたことにも気づかず、将人と継ぎはぎ死体のみを気にしている。こちらに注意が向いていない今なら……、

「きみが外に出ている間、旧体育倉庫に細工をしておいたんだ。それはそうと、化学室の薬品棚を放置したのは失敗だったね。確かに室内で薬瓶を割っていたら化学反応を起こして危険だけど、多少手間がかかっても全部、あちこちに捨てておくべきだったのに」

ふう、と将人は挑発するようにため息をついた。話題をコロコロと変えるのは、相手に冷静さを与えないための策略だろうか。

「水酸化ナトリウムはタンパク質を腐食させる作用があるし、硫酸アンモニウムを調合すれば爆薬の原料になる。……今、その死体の真上の梁《はり》に仕掛けてあるんだけど」

将人がそう言った瞬間、キスウサが形容しがたい奇声を発した。意味のある罵声も飛ばせず、わめきながらがれきの山を登っていく。

沙良が目を凝らしても、倉庫の上部は真っ黒だ。火事があり、備品を燃やしながら上に登った黒煙が付着しているのだろう。壁をぐるりと囲んでいる窓の夕日も天井までは照らさない。

ゆえに、天井の様子を確かめたければ、自分で登るしかないのだと沙良はやっと気づいた。がれきを登っていくキスウサの背中を見て、今しかないと包丁に飛びついた時だ。

「桃木さん！」

タイミングを見計らったように鉄扉の鍵が開き、将人が倉庫内に飛びこんできた。スペアキーを使ったのだろう。

ぶわっと冷たくて新鮮な風が吹きつけてくる。

将人は沙良が摑んでいた包丁で四肢の縛《いまし》めを断ち切り、抱えるようにして外に出た。

「つ、るはらくん……りさちゃんが……りさちゃんが……」

まず、口をついたのはそのことだった。だが、それ以上話せない。言葉にできない感情があふれる。

「桃木さん、落ち着いて。もう大丈夫だから」

将人が沙良を抱きしめ、耳もとでささやいた。冷静な口調とは逆に、彼の鼓動は速い。

……生きている。将人の心音と体温に、沙良は震えた。

「ありがと……ありがとう、蔓原くん」

生きていてくれてありがとう、助けてくれてありがとう、と何度も繰り返す。わかっている、というように、将人が沙良の背をそっと叩いた。

「俺のほうこそ、桃木さんが生きていてくれてよかった。一人で残されたら、どうしようかと思ったよ」

「うん……うん」

「でも喜ぶのはもう少しあとだ。今はアレをなんとかしないと」

沙良は彼から身を離し、視線の先を追った。

出てきた時は夢中だったので気づかなかったが、倉庫の扉付近はなぜか濡れている。吹きすさぶ風でかなり散らされていたが、なにか異臭も漂っているようだ。

「桃木さん、走れる？　行けそうなら、先に……」

「う、ううん、一緒にいる」

ここで離ればなれになったら、それぞれにまたひどいことが起こりそうで怖かった。できるなら、将人と今すぐ逃げたかったが……。

（蔓原くん、キスウサになにかしようとしてる……？）

将人はキスウサが塁子《るいこ》だとわかっているはずだ。彼が本当に助けたいのは沙良ではなく塁子……ではなかったのだろうか？

直接聞くことはできず、沙良はその次に気になっていることを尋ねた。

「蔓原くん、いつ旧体育倉庫に入ったの？　あの継ぎはぎ死体のこと、なんで……」

「いや、想像しただけだよ。殺されたみんなの死体が欠損していたことと、毒川さんのいじめに無関係だった元クラスメイトもこの学校に連れてこられていたことを考えたら、あれが一番ありえそうだったからね。焼き殺されたなら、遺体は激しく損傷していただろうし」

「で、でも鍵……」

「スペアキーを手に入れたのは、嵐山《あらしやま》に襲われて気絶させられたあとなんだ。その時、この作戦を思いついた。……俺が倉庫に侵入して梁に仕掛けを施したと言ったら、毒川さんは確かめずにはいられないはずだ。彼女を桃木さんたちから引き離した上で、突入しようと……」

将人の言葉が終わるより早く、倉庫内で怒りの咆哮《ほうこう》があがった。天井の梁になにも見つからず、沙良に逃げられたことに気づいたのだろう。

人語にならない奇声を発し、キスウサが倉庫から飛び出してくる。

「桃木さん、いまだ！　逃げろ！」

キスウサの足が濡れた地面を踏んだ瞬間、将人が沙良の肩を押し、密かに持っていた小さな物体をキスウサから少し離れた地面に投げた。

（ライター!?）

銀色のオイルライターだ。鋭い直線を描いて、ライターが濡れた地面に落ちた時、激しい音を立てて、地面がいきなり燃え上がった。

『ギャアアアアア！』

地面を走った炎に絡め取られ、キグルミが炎に包まれる。

立ち尽くした沙良のもとまで炎と熱風が吹きつけてきた。焼けた空気を吸い込み、思わず咳きこんだ時、将人に手を引かれる。

「行こう」

「蔓原くん、あれって……」

「灯油だよ。扉付近に撒いておいたんだ。結界を解除したことは本当だよ。東門から出られる」

まだ迷う沙良の手を引き、将人が五、六メートル先にある東門を指さした。彼の言うとおり、門は開かれ、外に充満していた濃霧は消えていた。

「でも……」

沙良が口を開きかけた時だ。

「……クハ……グ、ふふ……ッ」

突然、部室棟の陰《かげ》から奇妙な「音」が聞こえた。

燃えさかる炎と夕陽の中、鮮やかな振袖を頭から被った、小柄な少女らしき人物がふらふらと歩いてくる。

「誰……って、間宮《まみや》さん……？」

熱気にあおられ、少女の被っていた振袖がめくれ上がり……沙良は息をのんだ。

劇薬をかけられたのか、少女の顔は溶けたように痛々しくひきつっていた。頭皮も爛《ただ》れ、髪もまばらで、以前の美貌は残っていない。

「間宮さん……その顔、なにが……」

「……帰れる、の、ヨデ……あだ、アダジ、顔、熱い……痛いノ……ゴンナ、ノ夢」

よろめきながら、瑠華奈《るかな》らしき少女は沙良たちのほうに歩いてきた。燃えさかるキグルミには目もくれない。

「アダジ、まだ、こんなドコロで、終わらな……担ぎ、な、ザイ……アダジ、を……ッ」

瑠華奈が沙良に手を伸ばす。

思いもよらない瑠華奈の変貌に動揺しつつ、沙良も駆け寄ろうとした。瑠華奈が毒川塁子にしたことは許されないだろうが、こんな状態の彼女を見捨てることはとてもできない。

将人がなにかを言おうとしたが、それよりも今は瑠華奈のことが先決だった。

「そう、よ……ドブズは、アダジに従ってればイイ……ガ、ホ……ッ」

瑠華奈は自分の言うことを聞く沙良を見て、満足そうに唇をゆがめ……唐突に咳きこんだ。ハッとした将人が素早く沙良の肩を引く。

瑠華奈の胸から、キグルミの腕が生えていた。

「――……ッ、塁子さん、まだ……！」

ゆらりと瑠華奈の背後で炎の塊が動く。

燃え続けているキスウサが瑠華奈の真後ろにいた。無言で背後から瑠華奈の胸を貫き、ずるりと心臓を摑みだす。

「え……？　えァ……ゴ、ふ……ッ」

自分の心臓を奪われたことを、瑠華奈ははっきりと自覚したようだった。返して、というように、口がパクパクと動く。

しかし、声は出ない。指も動かせない。

瑠華奈の目が絶望の色に染まり、やがて光をなくし……彼女は地面にどうと倒れた。振袖の裾に炎が移る。再び崩れ落ちたキスウサとともに、こと切れた瑠華奈の身体も、炎にのまれていく。

(間宮さん……こんなのって……)

「桃木さん、行こう」

ショックのあまり呆然とした沙良の腕を引き、将人が強引にその場を離れた。

「ま、待って……待って、箭竹原《やたけばら》くんがまだ……」

東門のほうに向かいながら、沙良はすがるように将人を見あげた。

享司《きょうじ》は……彼はまだ生きているはずだ。あんなに強い彼ならば、どこかできっと。

しかし、将人は苦しげな顔で首を振った。

「……箭竹原は、死んでいた。屋上で。嵐山に襲われる直前、屋上に灯りがともっていたのが気になってね。……あのライターは多分奴のだよ。俺たちに、最期に残してくれた」

「そんな……」

その時、沙良は背後で奇妙な気配を感じた。振り返ると、燃え続けている旧体育倉庫の前で、もぞりとなにかが起きあがる。

「塁子さん、まだ……!」

もうキグルミではない。しかし生きている人間とはとても言えない。全身の皮膚が燃え、皮脂が破裂して沸騰し、赤黒く焼けた焼死体だ。

『ッギイイイィ、アアアァァア！』

腰から下が炭化し、上半身のみになった塁子が肘《ひじ》を曲げて這《は》いながら、すさまじい形相で追ってきた。

沙良は悲鳴をあげ、将人とともに必死で走った。

東門はすぐそこだ。門まで行けば逃げられるのに、なぜかいつまでもたどり着かない。

「なんで……」

いつの間にか、沙良たちは急な坂道を登っていた。両側には真っ黒な土壁がそびえ、東門がはるか頭上に小さく見える。

「なにこれ……こんな坂、蔵高《くらこう》にはないのに……！」

「桃木さん、頑張って！　走るんだ！」

隣で将人が沙良の腕を支え、励ましながら走った。前方の坂道になにか、大きな塊《かたまり》が落ちている。目を凝らし、沙良は思わず悲鳴をあげた。

「嵐山くん……！」

坂の途中で嵐山が死んでいた。争った様子はなく、手に持った斧で自分の喉《のど》を掻き切ったようだ。どす黒い血が彼の周りに広がっている。

「ついに精神が限界に達したのかもしれないな。死ぬくらいなら、最初から裏切らなければよかったのに……」

痛ましそうに顔をしかめつつ、将人は沙良の手を引いた。

『さらぁ……待ってえええ……』

再び走り出した沙良の背後で、ありさの声がした。幻聴だろうか。もしくは、ありさが死んだと思ったのは沙良の勘違いで、実は彼女は生きていたのかもしれない。

「りさちゃ……」

「振り返っちゃダメだ！」

将人の声で我に返る。

（そう、だ……）

ありさが背骨を折り曲げられて殺されたところを見たではないか。生きていてほしいと思うのは、ただの甘い願望だ。

走る。走る。走る。

途中、追いつかれそうになったところで、将人がなにかを後ろに投げた。薬品の瓶だ。発火性のものではないようだが、これまでの苦い記憶がよみがえったのか、墨子はびくりと一瞬硬直する。

三度それを繰り返した頃、永遠に続くかと思われた坂道が終わりに近づいてきた。

坂の頂上に東門がそびえたっている。門は大きく開け放たれ、ずっと濃霧に覆われていた外の景色が見えた。蔵院《くらいん》高校の敷地内は沈みかけた夕日に包まれていたが、門の外は明るい昼間の日差しであふれている。

疲労のあまり、がくがくと震える足を引きずるようにして、沙良は将人とともに東門に手を伸ばした。一瞬、今までのように青白い「壁」に阻《はば》まれるのではないかと脅えたが、沙良の指は難なく外の空気に触れる。

……帰れる。思わず沙良の目に涙がにじんだ時だ。

「くっ……」

突然、将人の体勢が崩れた。ハッと振り返ると、ついに追いついた塁子が笑いながら将人の左足にしがみついていた。

「蔓原くん！」

坂の下に引きずりこまれそうになった将人に、沙良は必死で飛びついた。足が滑り、思いきり膝を打つ。両膝がひどく痛んだが、そんなことにかまっている余裕はない。

「ダメ……やめて、塁子さん、お願い……！」

なんとか踏みとどまろうとするのに、沙良まで引きずられた。

「桃木さん、放すんだ。きみだけでも逃げろ！」

「嫌！　嫌だよ、ダメ！」

将人に突き離されそうになり、必死でしがみついた。

皆、死んでしまった。沙良がうろたえ、脅えている間に、みんな自分で考えて行動し、その命の火を消してしまった。沙良が将人や享司、玲のように積極的に行動していれば、今も生きている人はいたかもしれない。

そんな後悔ばかりが積み重なって窒息しそうだ。

「塁子さん、もうやめて……！　蔓原くんを連れていかないで」

「桃木さん……」

「やだよ……！　みんないなくなっちゃって……これ以上は嫌！　絶対に渡さない！」

ハッと将人が息をのむ。

沙良は必死でその身体を抱きしめた。なにがあっても、絶対にこの手は放さない。

「……そう、だな。こんなところで死ねないか」

沙良の必死な姿を見て、将人の目にしっかりとした光が宿る。

将人は自分の身体を引き上げ、そばにあった東門の門柱を摑んだ。沙良とともにそこまで後退し、身体を門の外に出す。あわよくば、それで逃げ切れないかと思ったが、塁子は諦めず、坂の上でもなお、将人の左脚に蜘蛛《くも》のように両手を絡めてきた。

塁子を引きはがさない限り、この悪夢からは逃げられないのかもしれない。

「すまない、毒川さん」

小さく詫び、将人はポケットから煙草の箱を取り出した。一本咥《くわ》える将人を見て、こんな時だというのに沙良は少し意外に思った。

「吸えないことはない、程度だけどね。こんなものを好んで吸う奴の気が知れない」

ため息をつきながら、将人は煙草を包んでいる銀紙を素早くちぎり取る。なにをするのかと見つめる沙良の前で、将人は細長く畳《たた》んだ銀紙の中央部分をひねってさらに細くし、懐からなぜか単三形の乾電池を取り出した。

「毒川さんが武道館に置いていた集音マイクからもらっておいたんだ。なにかに使えるかもしれないと思って」

「……それ、どうするの？」

「こうする。これも化学の実験、かな」

将人は手にした銀紙の両端を乾電池に触れさせた。

その瞬間、銀紙の中央部分から火が生じる。それくらいではひるまない塁子に落胆することもなく、将人は咥えた煙草に火をつけた。

「毒川さん、俺はきみの死因も知らなかった。教師の言うことを信じ、この四年間、疑うこともしなかったんだ」

すまない、と将人は繰り返す。

ただ、沙良はその声にひやりと冷たいものを感じた。

顔を見て、確信する。将人は自分の足を摑んで引きずろうとする塁子を冷ややかに見おろし、静かに激怒していた。

「殺されたなんて思いもしなかったよ。きみのことはなにも知らない。好きな教科も嫌いな教科も、好きな音楽も、嫌いな色も、なにも知らないし、興味がなかったんだ。きみは人が困っていても助けなかったし、しょっちゅう暴言を吐いていたからね」

「蔓原くん、それは……」

「うん、確かに境遇のせいだったのかもしれない。いじめられ、余裕がない時に周りの人を助けられるかって聞かれたら、俺だって無理だと思う。でも」

将人は自分の脚にすがりつく塁子を見おろした。

「人を助けないのと、積極的に人を傷つけるのは全く違うだろう。自分の新しい身体がほしくて、元クラスメイトたちを殺していくなんて……化け物のすることだ」

容赦のない将人の台詞に、沙良はハッと息をのんだ。

塁子は一瞬ぽかんとしたあと、憤怒の形相で将人の脚を這い上ってきた。爪を立て、呪詛を吐きながら。

「つ、蔓原くん……！」

「きみは、いじめの被害者だったかもしれない。でもこんな事件を起こした時点で、きみは加害者で、殺人鬼だ。言い訳は聞かない。もう同情もしない。俺はきみを許さない」

『ギィ……アアアッ！』

「きみは俺たちの敵だ。……俺たち、一年A組全員の敵だ」

将人は咥えていた煙草を指ではじいた。きれいな弧《こ》を描き、煙草は東門をスライドさせる溝に落ちる。

「……ッ!!」

その瞬間、ゴウ、とすさまじい音を立て、火柱があがった。

もしもの時のため、将人があらかじめ、溝に灯油かなにかを流しておいたのだろうか。

真っ赤な火柱が将人の左脚ごと、塁子の身体を焼いていく。

「左脚はあげるよ。きみがほしがる部位ではないだろうけど」

『――ヒイイイィ……！』

空気が漏れるような声をあげ、塁子は炎の中で暴れまわる。

沙良はなにもできず、ただ見つめた。炎の奥で黒い影がどんどん小さくなり……消えていくのを見ながら、沙良は気を失った。

9

……目を開けると、視界が真っ白だった。

ぼんやりと目の前を眺め、少ししてから沙良《さら》はようやく自分が見ているものが天井だと気づいた。左側の壁に造られた大きな窓から、暖かな光が沙良の上に降り注いでいる。

辺りには消毒液の匂いが漂っていて、血臭など少しもしない。

ここは……病院だろうか。

「沙良、気がついたのね！」

「……おかあ、さん……？」

小さくうめいた沙良に気づいたのか、見慣れた女性が駆けよってきた。沙良によく似た目もとの優しげな女性……母親だ。

母はベッドに寝かされた沙良を抱きしめ、嗚咽《おえつ》をもらした。

「沙良！　あなた、五日前に帰りの電車で倒れたまま、ずっと目覚めなかったのよ！」

「え……」

「たくさん検査してもらったけど原因は不明で、お医者さんからもすぐ起きるかもしれないし、ずっと起きないかもしれない、なんて言われたの。お父さんもおばあちゃんたちも心配してたんだから。ああ、連絡してあげなきゃね。すぐにみんな飛んでくるわ」

沙良の母は涙ぐみながら携帯電話を持ち、病室を出ていった。ナースコールを押すことすら思いつかなかったのか、部屋の外で母が看護師を呼ぶ声が聞こえた。

（私、倒れた……？　五日間も寝てたの？）

では、つい先ほどまで起きていたことは全て夢だったのだろうか。あの生々しい血臭も悲鳴も恐怖も、懐かしい人たちの死も全て。

（だったら嬉しいけど、でも……）

本当に、そうなのだろうか。

「桃木《ももき》沙良さん、だね。ちょっといいかな？」

その時、病室にスーツを着た、二人の男性が入ってきた。一人は四十代で、もう一人は三十代前半だろうか。表情は柔らかいが、どこか隙のない雰囲気がある。

「私は警視庁捜査一課の高乃《たかの》と言います。こっちは同じく一課の天寺《あまでら》。アマだけど男でキリスト教徒なんだ。変だろう？」

「えっと、はい……？」

言われたことがよくわからず、首をひねると、高乃と名乗った四十代の刑事がバツが悪そうに頬をかいた。隣で、天寺と紹介された男が呆《あき》れたように肩をすくめる。

「ごめんねえ。これ、このおっさんの持ちネタで、いつも俺をダシにして笑いを取ろうとするんだよ。滑るところまでが鉄板芸だから大目に見てやって？」

「えっと……」

「起きたばかりで混乱しているところすまないけど、ちょっと聞かせてほしいことがあってね。沙良ちゃんは高校、どこだったのかな」

「え……」

つい先ほどまで体験していた記憶がよみがえり、沙良はパニックに陥《おちい》った。二人の刑事が目を光らせ、無言で近づいてくる。

(やだ……なに)

とっさに沙良が悲鳴をあげかけた時だ。

「昏睡状態から目覚めたばかりの女性に詰め寄る刑事二人……警察組織の在り方が問われますね」

「蔓原《つるはら》くん！」

小ざっぱりとした私服に身を包んだ将人《まさと》が戸口で携帯電話をかまえていた。弾かれたように飛びのいて悪態をつく高乃たちと、ひるまずに応対する将人を、沙良はただぽかんと見つめた。

「……少しは落ち着いた？」

二人きりになり、ベッド脇のパイプ椅子に座った将人がそっと沙良に尋ねた。

結局、将人が言葉巧みに交渉したおかげで、刑事二人は渋々、病室を出ていった。ドアは開けとくからイヤらしいことすんなよ！　とこれ見よがしに叫んだ高乃に、将人が侮蔑《ぶべつ》の一瞥《いちべつ》をくれたのが五分ほど前の話だ。

沙良はうなずきつつ、将人が脇に置いた松葉杖を見つめた。

視線に気づいた将人が苦笑する。

「俺は二日前に目覚めたんだけど……その時、左脚が動かなくなっていたんだ。骨も筋組織も無事なのにわけがわからない、と医者に言われたよ。まあ、あげると言ったのに、今さら返せって言うのも恥ずかしいからいいけどね」

「それ、塁子《るいこ》さんの仕業……？」

やはり自分が体験していたことは夢ではなかったのか、と沙良は青ざめた。

将人の顔は、「繰り返される四年前の一月十四日」で見続けてきた彼と同じだ。現実の世界では二年ぶりに会うため、彼の容姿を知る機会はなかったはずなのに。

「俺も五日前、大学の書庫で倒れていたところを教授に発見され、市の病院に搬送されたらしいんだ。二日前に起きてから検査したけど、脚以外には異常がなかったから、無理を言って、すぐ退院させてもらった。桃木さんの自宅に連絡して入院場所はわかったけど、桃木さんが俺より二日間も長く寝たままだったから心配したよ」

「さっきの刑事さんたちは……」

「予想はついていると思うけど、一年A組の元クラスメイト全員に、俺たちと同じ現象が起きていて……次々と息を引き取ったらしい。全員、薬物反応なんて出ないし、この二年間連絡を取り合っていない人たちも多いし、事件性があるとは言えない。でもこんなに大勢の関係者が一度に死ぬなんて変だから、警察が動いてるんだ」

「全員……！　そんな……」

「刑事に色々聞かれたから、全部話したよ。過去、いじめで殺された女生徒がよみがえって、みんなを殺していきましたって。……精神科の受診を勧められたけど」

「そんな……」

「まあ、立場が逆なら俺も信じなかっただろうから仕方ないさ。ただ、こんなオカルト話でも、週刊誌に漏れたら大騒ぎになるだろうからね。俺たちの日常が脅《おびや》かされるのを危惧して、あの刑事たちが報道管制を敷いてくれたらしい。意外と人情家みたいだ」

その瞬間、病室の外から鼻歌が聞こえた。高乃たちだろう。

顔を見合わせてくすりと笑ったものの、すぐに沙良はうつむいた。

「私、まだわからないことだらけで……なんで五日前だったのかな。塁子さんが死んだのは……」

「四年前なのに、だよね。俺の想像になるけど……旧体育倉庫のあった場所に建つ予定の記念館は、五日前の成人式に竣工式《しゅんこうしき》だったから……自分の死んだ場所がなくなって、存在自体が消されるような気持ちになったのかもしれないな」

「言われてみると、確かに……」

「確証はないけどね。もしかしたらもっと別の理由があるのかもしれないし、特に理由もなく、単なる思いつきであの日、呪いを発動させたのかもしれない。今となってはもう、確かめることもできないけど……」

　将人の言うとおり、すべて推測するしかなかった。毒川塁子がなにを考えていたのか、沙良にはまるでわからない。きちんと話せる機会すらなかった。

「はっきりしているのは、俺たちが囚われていたのは確かに四年前の一月十四日だったってことだけだ。あの時の校舎は完全に当時を再現していた。多分、チョーク一本たりとも、欠けているものはなかったんだと思う。仮に失われていたものがあったとしても、それは自動的に引き寄せられる。……桃木さんが携帯電話につけていたキスウサのストラップみたいに」

「え……」

「あのストラップは結界の一部だったから……毒川さんの呪いが発動した時、西門脇の花壇に戻ろうとしたんじゃないかな。その時、偶然それを持っていた桃木さんまで引きずられて、学校に連れていかれてしまったんだと思うんだ」

「そう……だったんだ。私はほんとに偶然……」

「多分ね。ただ、連れてきたからには、殺してもかまわないとは思っていた気がする。いじめられた復讐をするついでに新しい身体のパーツを手に入れようと思ったら、パーツは多いほうがよかっただろうから」

旧体育倉庫で沙良とありさが捕まっていた時、キスウサは心臓を欲していた。あと一つ心臓があればいいと言っていたことを考えると、他のパーツはもうそろっていたのかもしれない。

あの時、将人が来ず、ありさの死体から心臓が奪われ……それであの継ぎはぎ死体が完成していたら、なにが起きていたのだろう。

「俺たちが最後に登った坂は黄泉比良坂《よもつひらさか》みたいなものだったんじゃないかな。黄泉《よみ》の国と現世をつなぐ坂。こんな話、あの体験をしなかったら、絶対信じなかったけどね」

「じゃあ、もし塁子さんが坂を登って、東門から出ていたらよみがえることも……」

「桃木さん、落ち着いて。アレは黄泉の国で起きたことだ。現実にある皆の死体は全員、欠けることなく荼毘《だび》に付されたらしいから、心配することないよ」

沙良がだらだらと眠っている間に、将人一人にそこまで調べさせてしまったらしい。彼自身、つらい体験をした末に目覚め、余裕など微塵《みじん》もなかったはずなのに。

沙良の表情から考えを読み取ったのだろう。将人は少し困ったように微笑《ほほえ》んだ。

「二日前に目覚めて、わからないことだらけで……身体を動かしていないと、そっちのほうがおかしくなりそうだったからね。それに、桃木さんが起きた時、自分たちの置かれた状況を教えて、安心させてあげたかった」

「蔓原くん……」

「俺はね。毒川さんが死んだあと、桃木さんが編入してきてくれて救われたんだ」

「え……」

どういうことかと目を瞬《またた》かせた沙良に、将人はゆっくりと言葉を続けた。

「みんな、そうだったと思う。最初は毒川さんを助けられなかった罪滅ぼしで接していた人もいたかもしれないけど、桃木さんはいつも一生懸命で、こっちが手を貸した時もすごく嬉しそうに礼を言ってくれて……。困っている人を助けてあげたくても、いらない、とか、偽善者が、とか言われすぎて疲れていたみんなが、桃木さんのおかげでまた、人と関わることができるようになった気がする。一年A組に来てくれてありがとう。今回も……助かってくれてありがとう」

「そんな……私はなにも……！」

慌てて首を振った沙良を愛しそうに見つめ、将人はそっと手を伸ばした。沙良の頬に張り付いた髪を優しく払い、ふと不安そうな顔をした。

「今回、最後に毒川さんを燃やしたのは俺だ。後悔はしてないけど……怖くない？」

「蔓原くんのこと？　ううん。だって……」

将人は沙良を守ろうとしてくれた。殺されていった人たちの敵《かたき》を討とうとしていた。燃えていく塁子の姿はまだまぶたの裏から消えないが、そのことで将人を非難したり、恐れたりする気持ちは全くない。

「怖くないよ。それより、助けてくれてありがとう」

頰に触れる将人の指が心地いい。少しひやりとしていて、触れていると安心する。

「私、なにもできなくてごめんね……」

まっすぐ見つめることができずにうつむくと、将人がふっと笑った気配がした。

「桃木さんはなにもできないんじゃなくて、しなかったんだと思う。あんな状況だったのに、誰のことも傷つけようとしなかった。毒川さんにも生前、なにがあっても味方でいてくれる友人がいれば……いや、こんなことは今さら言っても仕方ないか」

気分を切り替えるように首を振り、将人は立ちあがった。わずかにはにかみ、彼は照れ隠しのように眼鏡を指で押し上げた。

「とにかく今はゆっくり休んで。元気になったら、気分転換にどこか行こう」

「うん……ありがとう、蔓原くん」

連絡先を交換し、そっと手を握り合う。

数秒後、名残惜しそうに手を放し、将人は病室を出ていった。まだ目覚めたばかりで本調子ではない沙良を気遣ってくれたのだろう。

将人が刑事たちの相手をしてくれているのか、病室に彼らが突入してくることはなかった。母親も医師と話をしているのか、まだ戻ってこないようだ。

今、病室には沙良一人だけだ。

「は……」

不意にめまいを感じ、沙良はベッドの背もたれに寄りかかってうなだれた。考えることは山ほどあるはずなのに、頭が全く働かない。

先ほど将人の連絡先を入力した携帯電話を手に取る。筐体《きょうたい》に土はついておらず、きれいだったが、なぜかキスウサのストラップがなくなっていた。相当古かったから、電車内で沙良が倒れた拍子に紐《ひも》が切れてしまったのかもしれない。

（これからどうしよう）

死んでしまったありさや玲《れい》、享司《きょうじ》はもう葬式を終えてしまっただろうか。線香をあげに行きたい気がしたが、今はもう、立ちあがる気力も残っていなかった。

めまいを堪《こら》えてベッドに横になろうとし……沙良はふと、足もと付近の布団になにかが落ちていることに気づいた。

「これ、なんでここに……」

舞《まい》と玲がおそろいでつけていた金細工のブレスレットのように見えた。

——大切な友人との、友情の証《あかし》だ。

しかし、この病院に二人のうちのどちらかが入院していたとは将人も言っていなかったし、きっと似ているだけの別物だろう。母が自分の知らないところで買い、うっかり落としてしまったのかもしれない。

母が病室に戻ってきたら聞いてみようと思い、沙良はブレスレットを握りながらベッドにもぐりこんだ。

その瞬間、疲労感がのしかかってきて、目を開けていることすら億劫《おっくう》になる。

「う……」

ベッドの中で丸くなり、沙良は身体にのしかかってくる悲しみに耐えた。

自分は助かった。将人のおかげで生還できたし、多分もう安全だろう。

だがその一方で皆、死んでしまった。

寂しかった。ありさたちに会いたかった。友人が欲しかった。

……毒川塁子も、同じだったのだろうか。

ふと、そんな思いが脳裏《のうり》をよぎる。人の助けを突っぱね、周囲に壁を作り、それでも塁子は内心、友人を求めていたのだろうか。

（もし、そうなら……新しい身体で、なにを……）

ああ、もう眠くて、なにも考えられない。


「……」

沙良は抗《あらが》いがたい睡魔に引きずられるようにして眠りについた。

雲が太陽の前を通り、室内が陰《かげ》る。わずかにひやりと気温が下がる。

沙良しかいない病室に、重い沈黙が落ちた時……、

——……。


密かな吐息がした。

ずっと息を殺していた誰かが笑ったようだった。

ベッドの陰に隠れ潜み、将人が去り、沙良が寝入るのを待っていたかのように。


——トモ、ダチ……。


沙良の持つブレスレットと同じ形のものをはめた手が。

ぺたりと沙良のベッドに触れた。

了

※この作品はフィクションです。実在の人物・団体・事件などにはいっさい関係ありません。

集英社オレンジ文庫をお買い上げいただき、ありがとうございます。
ご意見・ご感想をお待ちしております。

● あて先
〒101-8050　東京都千代田区一ツ橋2-5-10
集英社オレンジ文庫編集部 気付
木崎菜菜恵先生

ラビット・ケージ

一年A組 殺戮名簿

集英社
オレンジ文庫

2015年6月30日　第1刷発行

著　者　木崎菜菜恵
発行者　鈴木晴彦
発行所　株式会社集英社
〒101-8050東京都千代田区一ツ橋2-5-10
電話【編集部】03-3230-6352
【読者係】03-3230-6080
【販売部】03-3230-6393（書店専用）
印刷所　図書印刷株式会社

※定価はカバーに表示してあります

ISBN 978-4-08-680026-6 C0193